U0022381

台灣平安

洪素麗　文・圖

謹以此書祝賀母校
鼓山國小百年校慶
並
紀念我父我母我叔及
我弟

作者識二〇〇七年

台灣平安

台灣平安

粉紅色蘭花。油畫

台灣平安，島鄉如意

——為母校高雄鼓山國小建校一百歲而寫

一九五〇年，我家自旗後沙洲的紅毛港遷移到哈瑪星。大哥大姊二姊，他們早一年就搬來了。大哥上鼓山國小六年級，大姊上四年級，二姊上二年級。我們住在濱海一街一幢洋房的二樓。做裁縫的阿姨一家住在一樓。樓前有一棵合歡樹，二層樓高，花葉正好拂在二樓的窗前。三歲的我，慣常坐在窗前盯著合歡花葉看；滴水的毛絨合歡花，像一撮撮雞毛。

那是颱風季。鎮日風雨淋漓。

斜對過，是一家有庭院的日式榻榻米房子。庭院裡探出一株桑樹，一株攀牆的薔薇花籐蔓，白色薔薇花串伸展出紅磚牆頭。美得像童話。

幾年後，我小學二年級時，全家搬到那幢童話中的日式家屋。在一九五四年的時候。

這中間，約有兩、三年間，我們搬到代天宮側街的一間平房。隔壁家有一棵巨大的芭蕉樹。

一九五二年，我上鼓山國小幼稚園。一九五三年，我上一年級。

幼稚園與一年級的開學日，都是風雨交加的颱風天。長我三歲的三姊帶我到指定的教室，自己就跑開了。好像也沒有開學典禮。幼稚園的老師是女老師，忘了其名。一年級的老師是高淑婉老師。家住渡船場附近。彼時大概是師範剛畢業罷？我還記得她在黑板上用粉筆畫一個漱口杯，注音ㄕㄨˋ ㄎㄡˇ ㄅㄟ，教我們唸注音符號。她是一個年輕美麗的好老師。

二年級老師是男老師。沒有留下印象。

三年級老師也是男老師。生有肺病。菸癮又很大，竟日咳咳咳。真是多災多難的一年。

四年級老師是女老師，鄭清秀老師。家住舊火車站的公家宿舍。好像父親是鐵路局的員工。母親去世，有一個唸高中的妹妹。鄭老師長得又清秀又溫柔，招待我們去她家幾次。她後來嫁到旗津潘家，搬到台北環河南路，我記住這路名，因為到初中時我們還通信著。那時我還打定主意長大以後，到台北去找她。可惜初中時我們斷了音訊。她大概家務繁忙罷。上大學後，有天無意和友人在萬華附近繞，無所事事，突然撞到「環河南路」的路牌。想起了鄭清秀老師。但沒有確切住址，和友人繞了一下環河南路，不知如何尋她。悵悵作罷。

五、六年級老師是升學主義壓力下的嚴師，李潮佳老師。台南白河鎮人。苦學出身，脾氣特壞。用竹籐條打全班（從未打過我，真是終身感恩）。全班排隊一個一個打，打得雙手手掌腫如麵包大。他常常對我們描述他唸書時只有一套衣褲，小心翼翼不弄髒白襯衫、卡其褲。偶爾搓洗了，掛在簷下等著衣褲晾乾，一整天都不能出門。

他有雄心大志想考法院書記。鎮日抱一本《六法全書》坐在教室前方黑板下的教師桌上默記。考了幾次好像全沒考過。至今記得他戴一副銀細框眼鏡，瘦削露骨的身影飄在課室窗外窺看吵鬧的我們，突然現身講桌大喝一聲：「打！」學童們都被他嚇得魂飛魄散，紛紛得了憂鬱症。

小學一到三年級，許阿桂和我同班。四年級分班，一直到初中高中都同校不同班。她就是後來有名的檢察官：忍者桂。讀書時是個優秀的學生。她大姊和我大姊同班，二姊和我二姊同班，她三哥是男的，沒和我三姊同班，她和我同班，她妹妹也和我妹同班。小學中學常有同學間姊妹一個挨一個同班，那時每家孩子多，各個孩子差兩歲，依次排比下來，小學初中高中常常各家姊妹正好都同班級。現在想來，真不可思議哩！

如果說，童年是一個人的原鄉。那麼，鼓山國小就是我的原鄉。我的文學的原鄉，藝術的原鄉。

小學三年級時，我開始讀翻譯小說：《簡愛》、《咆哮山莊》、《傲慢與偏見》、《老人與海》。立志做文學家。小學五年級時，有位老師，吳西衡先生，教我們炭筆畫與水彩畫，我又立志做畫家。於今我既寫作也畫畫，特別感念鼓山國小及整個哈瑪星的山明水秀；獨特的港灣地緣風景，淳厚的人情歷史風味，給我文學與藝術創作源源不絕的養料。

一九〇七年（明治四十年）五月二十四日創校的「打狗第一尋常高等小學校」，是「鼓山國小」的前身。創校之時已有九班，學生人數為三九六人，原暫借鹽埕埔民房為臨時校舍。翌年，一九〇八年遷到壽山山麓。一九一三年（大正二年）鼓山國小正式遷至哈瑪星現址。湊町臨海二路。一九二三年（大正十二年）日本裕仁太子來鼓山國小巡視。鼓山國小依山面水，風景絕佳。校內植滿榕樹、欖仁、椰子樹與鳳凰木。五月時鳳凰花開滿了壽山山坡，火紅的花披滿港灣綠陂山丘，美得令人心酸眼亮。

小學校裡我交到了一生最好的朋友：歐瑞雲，蘇慶黎，與賴麗琇。慶黎已於二〇〇四年去世。

哈瑪星在打狗（高雄）的歷史上，是一個異數，一個奇蹟。原是一片鹽沼地。一九〇八年日本人在打狗築港，疏通航道，將淤泥填土成海埔新生地，劃分三區：壽町、新濱町、湊町。即現今的哈瑪星。日人築鐵路沿壽山腳由台南至壽町，是打狗市第一個火車站。哈瑪星是打狗第一個現代新興社區：街道筆直整齊，碼頭、鐵道齊備。一九一三年已有自來水，電力，電燈，及電話。現代化的碼頭有現代化的魚市場，日人修一條專為轉運魚市場鮮魚的濱海鐵路，從新濱町港邊至渡船場的魚市場，叫做「濱線」(Hamasen)，Hama是濱的意思。「濱線」翻成台語，就叫「哈瑪星」。一九二〇年（大正九年），打狗改為高雄，並設郡，郡役即設在哈瑪星。一九二四年（大正十三年），高雄設市，市役亦設於哈瑪星。哈瑪星是高雄市最早的行政中心。消防局、衛生所、郵局、銀行、旅館、武德殿、學校、市場、

鳳凰花樹。油畫

公寓、戲院，所有現代化的硬體建築，哈瑪星一一具備。在二十世紀二〇年代的時候，比起日本及西方社會在二十世紀二〇年代的現代化都市典型，哈瑪星可以說是全台灣開風氣之先了。港市合一，陸海聯運，一如紐約市。

春日盛大，夏日濃綠。哈瑪星在我國小時，是綠蔭處處的美麗港都。漁船繁忙來去，汽笛聲響徹街市。半夜時漁船進港，漁人的木屐聲扣扣敲響街心，正襯托出港灣市民睡夢的安寧。

鼓山國小開運動會時，是哈瑪星的盛事，很多家長都參與。我記得有一個比賽項目是：操場上垂掛竹竿掛的點火香菸頭，男家長們口銜一根香菸自起跑點賽跑，跑到垂掛的香菸頭下，不能動手，雙手交握背後，仰頭將口中的香菸在垂掛的點火香菸頭猛吸自己的菸，最早把自己口中的菸點上火的可以跑開，邊噴菸邊跑回終點，就算贏了！口中香菸點不起火來，或掉在地上，都算輸家。真是一個全民參與的熱烈又興奮的運動會餘興節目。其熱烈情況比美新漁船的下水典禮。

我家有十幾艘漁船下水，有走遠洋捕鮪魚與鯊魚、有近海的捕烏魚、鯖魚與鱠魚。有一年，大哥考上台大系狀元，正好我家漁船也經常滿載。父親把鼓山國小教過我大哥的男老師（也教過我們姊妹）全請來我家，設宴款待老師們。其中有一位是當時的訓導主任，叫李政道老師，我還記得他名字。他對我們姊妹最好。他是大哥國小六年級時的級任老師。母親和女傭煮了一道道大盤的菜，啤酒開了一瓶又一瓶，真是賓主盡歡了。

那真是我們在國小時的歡樂歲月。

離國小不遠的鼓山戲院，也是我們常去的地方。我隨父母叔叔去看過很多日本武士片與劇情片：《宮本武藏》、《請問芳名》、《荒城之月》、《螢之光》……等等。台語片也正值全盛時期，我隨母親、姨母與嬸母，還有女傭月里，去看《雨夜花》，看到苦命的女主角穿高跟鞋在追火車跑，高跟鞋踩在碎石與枕木的鐵道上，還能健跑如飛！又見她走在山地門的吊橋上，如履平夷，母親等女眷們都佩服有加。彼時家常婦女們很少穿高跟鞋，估計穿了也走不快，看《雨夜花》女主角穿高跟鞋健跑如飛，嘖嘖稱奇。月里看完電影後，非常心滿意足，評論道：「女主角真勇健哩！」大家都哄笑了！

哈瑪星的鳥況絕佳。鳥尾像魚尾巴的老鷹經常布滿天空逡巡。小燕鷗閃著銀色的肚腹在港灣覓食。鼓山國小背後的壽山公園，一直延伸至柴山公園，吳錦發、洪田浚帶領我們見到約三十來種的鳴禽，在上世紀九〇年代的時候。鄰居歐瑞耀是第一個創立「高雄鳥會」的元老。高雄鳥會至今仍運作不息。瑞耀瑞民兄弟還曾經組織一個街坊孩童的「哈瑪星足球隊」。三姊和我為這新生的足球隊畫了海報。我們都是十來歲的青少年時候。沒有人混幫派。只有足球隊與鳥會。

青春歡笑。哈瑪星正年輕。

魚腥味的海風，無所不在。

一九七〇年我大學畢業出國到紐約，一住三十多年。追尋我的藝術夢與文學夢。紐約港灣與哈瑪星港灣本質是一樣的，減輕我思鄉的情緒。一九八〇年後我回台頻繁，幾乎每年都回來，島鄉走過坎坷幽谷又復歸平安，是因為島鄉人勇於承擔挫折，打拚不退卻。

一九七五年高雄港第二港口完工，大型漁船遷往前鎮。一九八四年，漁會亦遷至前鎮，哈瑪星港灣不似舊時繁忙了。套商業用語是：沒落了。但是，遠離二十一世紀的繁華汙染喧囂，哈瑪星保留舊時的寧靜平和，不是更好嗎？青山依舊在，夕陽仍然紅。哈瑪星少了一份繁忙緊迫，多了一份清幽平安，我認為是難得的福分。

二〇〇七年五月，我偕外子，兒子，與媳婦，回到港灣。特地去鼓山國小走一圈。百歲的鼓山國小仍然精力充沛。只是缺乏綠樹。哨船頭的建築四層樓高的都遮了鳳凰花盛開的山坡。除此微疵外，港灣仍然風華正茂！標識整個島鄉的平安如意！

光芒群島

輪渡汽笛銳聲叫起，三層的大船緩緩離岸，緩慢的程度好似依依不捨。遲遲吾行啊！

岸上恍如一個發光體，所有的建築物都是反光的，光線撩亂一片。玫瑰色的光芒。

是西班牙的陽光海岸。

船行的左側，是直布羅陀島。英國屬島。原屬西班牙，被英國殖民。西班牙一直要討還，英國一直不肯，給島上人投票，仍是大部分人要歸英國管轄。

我們沒有上直布羅陀島上去遊覽，據說很像香港。其實，全世界所有可觀光的島嶼，大抵景色都大同小異，珊瑚礁岩因地殼變動而突出海上，成一座島上的山。四周是斜坡，窄狹平地，海灘。就這麼多。海上島嶼的誕生。

當然，每個島嶼命運不一樣。歷史也不同。像一個人的身世。復活島的身世最傳奇。沒有人知道為什麼，島民全部消失不見，只餘一座座火山岩雕塑的人頭半身像佇立復活島岸上。曠古面向太平洋。

印尼的島嶼，有我最喜愛的蘭花。和台灣一樣。蝴蝶。蘭花。綠色鸚鵡。熱帶雨林。騷熱蓬燥的氣息。

然後，有一種鳥，叫多多鳥。在印度洋的毛里模斯島上滅絕。

綺麗花布

要是有人來請我設計花布就好了！我非常喜歡重複圖案的花布，用木刻畫，或油畫，重複的圖形，有一種不規則的秩序美。是我喜歡的淩亂中井然有序的美感。

生命本身是一則圖案。很家常，土俗中又有幽雅的趣緻，印成一塊花布，可以拿來裁製一件春夏洋裝。一件秋冬短外套。一件縮腳兩吋的長褲。給嬰孩做被面也可愛大方。給小男孩裁一件短背心亦合適。剩下的碎布，拼縫成桌巾好了。不夠布的話，縫成包袱，小手提袋，均宜。

我成天挖空心思想設計布料，事實真相是：我的裁縫功夫並沒有專業訓練。只是點子多得層出不窮。

仍然孜孜不倦畫各種布料花樣，癡心等待有緣人上門來搜購，印成一匹一匹美麗的花布。則我心滿意足了！

台灣平安

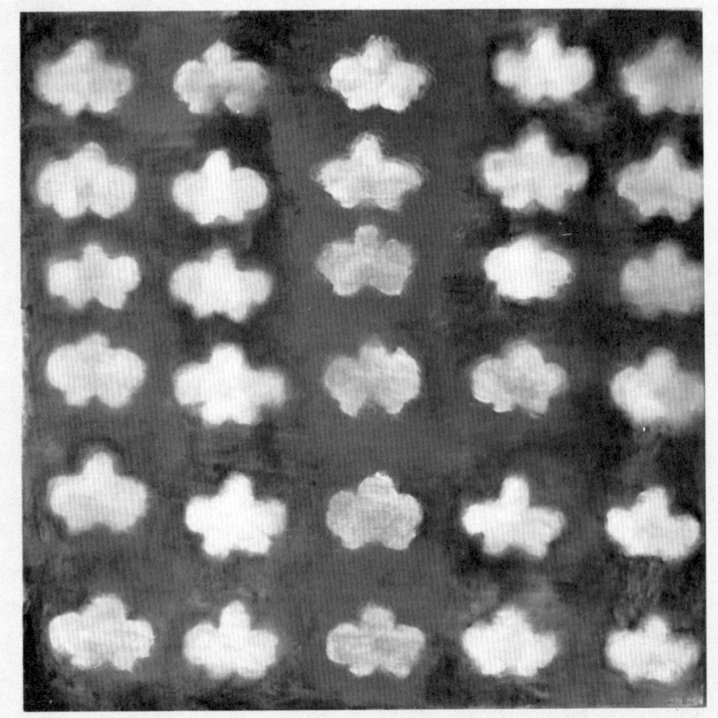

白色蘭花的藍白花布。油畫

銀杏樹葉

為什麼對「樹葉」這麼著迷？

兒子小時候喜歡對我說：

——媽媽，樹葉在拍拍手！妳看！妳看！……

他非常興奮！因為風吹樹葉時，樹葉子互相擊掌切磋。掌大的樹片，確實像在拍拍手。

賞鳥旅行時，總是看到一群，或單隻，我們追蹤的鳥種，一剎間警覺到我們的入侵，而迅疾離開！留下一個空蕩的池面，一個草原與樹林邊際的小徑，一處安靜的墓園。鳥走了，樹林草叢仍在，風聲在其間穿梭，樹葉紛揚。在春季遷移的早春，在繁殖熱絡的盛夏，在秋季遷移的仲秋，無所不在的樹葉吸引了我的目光，使我駐足凝視，不再在意鳥種倏忽離場的悵然若失。

金黃色銀杏。油畫

樹葉填滿了我追尋大自然時患得患失的心境。

尤其是銀杏樹葉。看它自早春吐出小把扇形黃綠幼葉，到夏至時翠葉長柄的飄搖扇葉，以至秋來鉻黃的冥紙顏色。銀杏樹葉在說明什麼呢？一個生命歷程的起承轉合。幼年，盛年，老年，以至凋零。繁華的世紀，命定的結局。沒有怨嘆，無須哀吟。

我一再畫銀杏樹與樹葉，樂此不疲。

婀娜

在看一枝橡樹葉隨風婀娜款擺時，聽到遠地舊友去世的消息。

樹葉的寓言。風的謊言。

她是一個極出色的猶太女子，嫁一個波多黎各黑人丈夫，兒子剛滿十五歲。七〇年代我們才二十出頭時，她和波多黎各男友是我們隔一條街的鄰居。記得奧・亨利的小說——〈最後的一片樹葉〉嗎？她就像那位臥床的女子（只是生的是氣喘病，不是肺病），而那位癡心每日為她畫一片樹葉掛在冬日枯枝上的畫家，便是她的男友，後來的丈夫，波多黎各人。

於今她剛剛得到灣區一家很好的畫廊經紀她的畫。她得了柏克萊大學藝術教授的終身職。兒子也大了。丈夫仍像過往三十年細心又體貼地照顧她的病體、她的生活起居。她的生活不再像七〇、八〇年代時，常常斷炊。九〇年代她為教職及收入不穩當而憂慮。於今，她一生最美好、最穩定、最有安全感的時候，正可以全心全意繪畫，而不用擔心柴米油鹽的時候，突然，她走了。

二十年前，我們買過一幅她的畫，供她付了半年的欠租。房東威脅要趕走他們。

她的畫，畫風非常輕靈。非常「婀娜」。看不出生活重擔給她的壓力。

榆樹枝葉。油畫

風髮

一束頭髮往上飛揚。背後有白色斑點般的雲。

一個多雲多風的天氣。

女子閉眼閉口，眉眼間有一種放任的神色，覆下的眼皮，似乎感覺眼珠在眼皮下微微跳動。像嬰孩的心跳。

女子有種不經意的媚態，但是並無色相錯綜的癡纏故事，主要是，我並無意經營這樣的故事。

我的女主角只能過簡單明暢的生活，沒有結婚三次離婚四次，沒有數度死去又活回來的瀕絕經歷，毋寧是單調的、認命的、刻苦的、忍耐的。

揹著襁褓嬰孩，徘徊多風的河岸，想跳河，一次解決掉煩憂，是有的，僅只一次，沒有成功。因為嬰孩在她背上撒了一泡熱熱的尿，點醒了她。

寡淡寂寞的人生，是有些許歡樂，在苦盡甘來的時候。

台灣平安

樹下的小女孩。油畫

踟躕

小白鷺一隻。蒼鷺一隻。

冬季鳥種調查記錄到兩隻早該南遷的鷺科鳥。

牠們一隻佇立在公園池塘東岸。一隻在南岸蘆葦叢邊緣。

春天白鷺和白色流蘇飾羽是十九世紀婦女們帽沿的昂貴裝飾。為此，白鷺被捕殺到幾乎絕種。二十世紀中葉以後，婦女不再流行戴帽。白鷺重新繁殖存活。面對的是所有季候鳥一致的難題：工業汙染、戰爭、荒地沼澤地被開發而消失。

一年兩趟的長程遷移：常常是絕命之旅。鷺科鳥在冰寒的水沼地踟躕，舉足不定。

台灣
平安

小雪

朋友是第二代華人，客家人。丈夫是日本人。丈夫原先在聯合國做事，經年出差，一年間回來四、五次，每次不超過兩個禮拜。他們的獨子，難得見到父親。父子間非常疏離。和母親也不大親近。自幼小時，就很孤獨而獨立。我看著他長大。長得很壯碩，比父母親都高大。一頭濃密如刺蝟的黑髮。對阿姨輩的我，通常只是一聲淡淡的招呼，隨即自我消失。

他父親退休後長住日本。父母形同分居。他自高中起迷上大提琴，加入爵士樂團，有一餐沒一餐地隨樂團四處表演流浪，也曾在東京表演過。他父親去酒吧看他表演，他仍專注地撥弄他的琴，對陌生的父親的出現捧場，沒有特別表示。但願意接受父親的邀請，去父親家住一個禮拜。

最近他頻頻在紐約市酒吧間演奏。我去聽了。他的團員有鋼琴手一名。薩克斯風手一名。鼓手一名。及他自己。

他報出曲名——〈小雪〉，是他寫的。（他還是作曲家哩！）

四人組的爵士樂樂團，都是年輕的大男孩，樂音非常明亮清晰，輕淡小雪下在一棵盤虯的老樹上。一道清泉湧動。壯闊身軀的他，抱著大提琴搏鬥，內在靈魂清靈而優美，非常恬淡秀美。是他的內在風景。小雪的初冬。

冬樹。油畫

冬

今年冬天雪來得多，且頻密。

沉思季節，休眠季節。

朋友告訴我他最近讀的一本書，記述世紀大災難。他說中世紀時，一次火山爆發，天空密布煙雲灰粒，長達三年。日頭遮滿，天昏地暗。大地凍結。整個歐洲彷彿回到冰河時期。

《舊約》不是也記載到蝗蟲災害，赤地千里嗎？

《詩經》也頻呼天地不仁，來日大難，口燥唇乾。如今的一場冬季的冰雪，只是小兒科罷了。算不得是大災難。

黑色枝枒如鐵棍般。公園的枯樹風景淒清美麗。

梨花

梨花開在雨雪交加、雷聲隆隆的三月底的初春。

所有春天的花樹中：櫻花、辛夷、玉蘭花、海棠、蘋果花、山茱萸……等等，我最愛梨花。

總是開在乍暖還寒、乍晴仍陰的早春不定天氣中，也許來得及開一樹淡青牙白的滿樹梨花，也許來不及。花苞未及綻放即被春雪凍傷，展不開的眉頭，捱不明的更漏，它的早夭更顯出它的淒美！

花信只在短短一周中。如果這周來了風雪，梨花便開不成了，風雪過後，滿樹掙開的是綠葉，一剎間在晴日暖風中搖盪滿樹的濃綠。梨花的花期生命太倉促、太無常了！

倘若運氣好些，暖風持續，梨花開放時無妄無災，——忽如一夜春風來，千樹萬樹梨花開。

滿樹雪青的芳華，像一樹的雪花。春風點蕩時，梨花指甲殼大小的花瓣紛紛在地上行走，像地上一縷裊裊白色輕煙，或一波一波的透明白的碎浪。

輕雷像擊鼓般，春雪下得更稠密了。夾街站立的梨花，滿頭白雪，分不清是梨花的白，或雪霰的白。

早春梨樹。油畫

領航鯨

不知什麼緣故，兩百頭領航鯨在澳洲西部登斯伯洛市附近的海岸擱淺。

環保組織呼籲義工們駕駛船隻，用錄音機錄下來的領航鯨叫聲在船上播放給鯨類聽，想以聲納引誘牠們回歸海上。

五百名義工有的駕船，有的在岸上推搡鯨群入海，終於在漲潮時，領航鯨開始尾隨船隻向海洋游去。

然而隔天，又有五十頭領航鯨隨潮水漂回岸上，擱淺，然後死去。

牠們在海上誤食了汙染的食物，海漂垃圾毒物，身體機能故障，就任由海浪帶到岸上，擱淺死去。

領航鯨生病了，標示海洋生病了，環境生病了。

抹香鯨死亡

從高空俯視海洋呈翠玉色。

五頭抹香鯨兩頭俯臥，兩頭翻肚，一頭側臥，死在丹麥西海岸外海的羅莫伊島附近。死亡抹香鯨洩出鮮紅的血路拖行在翠綠色海面，像紅緞絲巾優美地擱置在綠色草原上。不去設想紅色是血，氧化後會轉成腥褐色。海洋的翠綠色很快在日光斜照時會變成墨綠色、蒼灰色，以至烏青色。

屆時腐味開始隨潮浪湧上海岸。

抹香鯨的死亡代表一項預言，預言我們住的天涯海角，注定要緩緩變色而腐爛。

腐爛之前有憂傷的紅色，是體內無法抑制噴湧出來的血，像花朵迫不及待要擠出生命最後點滴汁液，開到盛放的程度，襯在假想的碧綠色美好的背景上。

過後，陽光一寸寸沉入海裡、隱退，還給大地一個虛空幽黯沉黑的臻境。生命火焰因為抽掉太陽光彩而失色了，緩緩墜入黑暗，花朵沒有了，紅色沉澱，死亡靜靜冒出透明的泡沫，死亡分泌著老邁至掉灰粉碎的氣息。死亡是黑暗的唯一幻影。

五頭抹香鯨、十頭抹香鯨、百頭抹香鯨，分布在翠玉般凍綠的廣大海洋上，蔓延著橫陳著，一條死亡帶。

水的倒影。油畫

魚的城市

遙遠的從前，我還未出生。

港灣是魚族洄游的熱門地點。在東北季風吹起的時候。

烏魚季，大腹便便的母烏魚自日本海隨親潮洄游到台灣海峽，到溫暖的南方海域產卵。聰明的南台灣漁人發現了烏魚卵的珍寶，中途撒網截獲。

冬季海風越吹得冷冽強勁，烏魚潮南行的陣容越熱絡蓬勃。

這種魚族的遷移習性大致和候鳥習性相當，都起於冰河時期，地球氣候南北顛倒、改頭換面的時候。

我居住的城市，是魚的城市。魚腥味和花香一樣好聞。鹽藻與海風的氣味，香甜香甜。

濫捕過度，魚族枯竭了。魚的城市少了深海魚。代替的是淡水養殖的人工培

泡沫水域。油畫

育的魚。

魚的城市氣味完全變了。也不再是魚的城市了。

這個過程，只有短短的一代。三十年。

老母雞

冬至。雪花飄落；姪女生下一個六磅十一盎斯的男孩。我也升格做了姑婆。

當下冒雪去中國城買坐月子的食物：麵線、麻油、米酒、薑、新鮮青菜與水果。姪女住處在城市與郊區之間，一向購物不便，新鮮蔬菜水果都必須來中國城買。最重要的，要買老母雞。麻油爆炒薑絲燉米酒煮老母雞，是我二十三年前生孩子後最渴望吃的。而當年，並沒有任何人伸出援手來為我燉煮。

於今我為姪女辦齊了坐月子的食物，又花半天把麻油老母雞燉好，千里迢迢冒風雪提去給姪女，心裡很感寬慰！

時光匆匆逝去，姪孫這一代誕生了。可惜父母親先後去世，沒有來得及做「阿祖」！

文學步道

在日本，到處都有文學家紀念館、文學步道，或文學碑。

寫《暗夜行路》的志賀直哉，寫作《暗夜行路》一書時，住的屋子整個保留成紀念館。寫作的書桌、筆，都還在。廚房也保留原樣。庭院仍打理得井井有條。在奈良市郊。

西條八十的歌詞，鏤刻在東京鬧市一個小公園的小小石柱上。成為東京旅遊一個小小的景點。

川端康成一生旅遊寫作地點無數。不僅寫《伊豆舞孃》故事的整個步道保留，湯島他曾住宿的旅館也印在觀光手冊裡。鎌倉也有一個文學館，夏目漱石寫的《心鏡》，背景就是鎌倉。

文學提昇了國民心靈性格，使國家與人民因為文學的涵養而緊密結合成一個完整的個體。一個對文學家重視的國家，會散發出一種溫柔和諧的氣質。

美濃鍾理和紀念館前的文學步道，便是在這樣的認知下，由鍾鐵民捐地，高雄縣政府主催而成。原本我認為石頭過大，經兩年來鐵民弟妹與弟媳合力精心種植許多花花草草，把鐫有台灣文學名句的大塊石頭，點染得十分美麗。

文學精華與花草大自然的芳華，把這條台灣第一條文學步道鋪展成一片錦繡。

香蕉葉與蘭花。油畫

髮纏

遠山眉清目秀哩！

髮鬚茂密地生長。

三個月不出山的愛人。追蹤長鬃山羊。最接近長鬃山羊的一次，是踩到一坨還濕漉的山羊新鮮糞粒。愛人面帶喜色地描述。

清晨，我臨溪梳洗露水浸潮的長長髮辮。解開髮辮時，梳齒夾纏在亂髮中，難解難分。

愛人追蹤長鬃山羊。我追蹤愛人。三者的髮鬃在亞熱帶高溫密林間洶洶生長。愛人慎重地撿拾長鬃山羊糞粒，小心翼翼裝進洗淨拭乾的小小塑膠便當盒裡。當作珍稀禮物妥善保存在背包裡。

我撿拾愛人破碎的眼鏡。

台灣平安

腳下是萬丈深淵。

高度近視的愛人，須臾不能丟失他的眼鏡。眼盲的他，如何追隨探測長鬃山羊呢？

終年遺失自己在兩千公尺高山的霧林帶。直至三者的髮鬚泛白。互相不再認識對方。

蒼灰色

非常瞭解，所有的榮耀都是暫時的。金光閃閃的門面，五花馬，千金裘，萬貫貪掠來的財富，也都是暫時的。很快，黑暗到來，榮耀變成一隻拍翅呱叫的烏鴉。不期然掩至。

烏鴉飛走。蒼灰色降臨。這是生命襯底的原色。我特別喜愛的顏色。有一種「繁華落盡見真淳」的純粹色調感覺。

自布魯克林區隔東河看雙塔大樓的景象時，正是蒼灰色。在清晨。雖是盛夏，但是在暴雨後的次晨，空氣洗得很潔淨，熱氣尚未回爐，夏日氤氳尚在遲疑，風向未調準，氣流未上升，城市未煥發。我們在東河對岸支起畫架畫下東城時，城市繁華未兌現，榮耀未上升，(因此也尚未沉落啦！）一切都罩在一種淡藍與淡灰的蒙昧，睡眼惺忪，視覺味覺觸覺尚遲鈍。嬰孩初睜雙眼的混沌、清新，與潔淨。

我有預感嗎？二〇〇一年夏天，為什麼我自城市各角度畫雙塔大樓呢？

蒼灰色天氣。油畫

夕陽巢穴

火燒夕照的景色，總是給我一種「末日」的感覺。

每天奔向公寓大樓的屋頂，望向西南方，在一日將盡的時候。那裡，雙塔大樓閃現銀質的光。背後，便是夕陽巢穴。末日夕光自巢穴中分泌、攪拌、吐納、傾瀉、放射。然後一一收回光芒、色調、波紋、光盤碎粒，直至天空失血至蒼灰色，建築物失去光的幻影，成為實實在在的磚石鋼筋泥沙的原質色相。沉陷鬱暗色澤的一刻，人造燈光亮起，晶燦燈管營造光點虛線貫穿的立體城市。此時，雲蒸霞蔚的夕陽巢穴消失無形了。

二〇〇一年夏天的功課，便是在我家公寓大樓屋頂上，油畫描繪這虛幻華美的夕陽巢穴。

雙塔大樓像一對雙胞胎哩！給科技文明包紮得結結實實，站在一起，極簡藝

夕照秋樹。油畫

術的簡之又
簡的造型，
集中繁華錦
繡文明地圖
的精粹，簡
單明淨地呈
現碑石般的
地標。

一次又
一次地描繪
它。直至轟
然倒塌。

城市

因為有城市的存在，才彰顯大自然的珍貴。

城市是文明的現象組合。幾何形層疊多面的造型，顯出人類頭腦精確設計的能力，這種聰明睿智與大自然的鬼斧神工，同樣令人驚嘆！

我是對科技文明抱持鑑賞的態度。當然希望人類的智慧可以使科技文明不失控，不毀滅珍貴的大自然。

美國新上任的布希總統，受到財團操持，想在阿拉斯加北方凍原造一條輸油管，開發阿拉斯加北極海的油田。環境保護家們大表反對，因為輸油管從南到北等於是把阿拉斯加內陸插一把利刃，從此，直升機、拖拉車、大卡車、吉普車都來了，令當地珍稀的野生動物群：麋鹿、狼、狐、鳥、野牛、熊等等無處遁身。而抽出的油量有限。專家們警告：「等於是燒掉一幅梵谷的名畫，取暖半分鐘！」

這種愚蠢行為，全是基於大財團們對野生動物保留區的無知與傲慢。

大自然多多保留原貌。國家公園多多劃地保育自然資源。原先已規畫的城市不妨大展鴻圖，多多往上空立體發展。造出科技化便民又造型繁複美麗的文明城市。而城市四周，自然原貌則讓它多粗生粗長，越野生越好。

霧林帶的檜樹。油畫

落葉

一片綠色中躺著小堆的落葉。

一小片落葉，就是一場生命歷程。簡單的死亡。

我喜歡這樣的結局。

聯想到一則俄羅斯的紀錄片。一個老婦人死去，下葬了。葬在一個寥落的墓園，連墓碑也沒有。下葬後第二天，她的舊街坊來了五、六位，都是老太太。大家各自帶了一小塊麵包與一杯茶，圍坐在老婦墳包周圍坐下來。取出包在手巾裡的麵包與茶罐，吃喝著簡單的早餐。算是陪伴剛下葬的老友老街坊度過陰間第一日的第一個清晨。

食罷，老太太們唱了幾首歌，安慰老婦人的新魂。各自蹣跚散去，各幹各自的一日營生去矣。

落葉一片。油畫

這是舊俄時代留下來的習俗。隨著這些老婦人去世，大概這習俗也將消失。這是紀錄片攝製者的告白。

蔗園

一九七三年，初婚。和外子回台住在屏東麟洛村。某日我們出外去村郊的蔗園寫生。太陽非常毒辣，我很快畫了一幅水彩。體力不支，當即拿了草帽蓋住頭臉，藉丈高蔗林投在草地上的陰影，躺下來聽颯颯風吹蔗園的聲音，很舒暢地睡了一大覺。

醒來時，看坐在一旁四小時不動畫蔗林的外子，曬成紅棕色。他把蓋草帽橫躺蔗園畔沉睡的我，也畫進去了。背景是青綠色蔗林。一幅非常完美的水彩畫作品。

彼時，我們才二十歲出頭。父母仍青壯。弟弟還是個大男孩。那是一段我生命中最美麗的歲月。

樹枝圖騰。油畫

回聲

我是一個思慮過多的人，拿不起，放不下，整天栖栖惶惶。現在當然好多了，已過知天命之年，霍然了悟：一些不可抗拒的人生宿命道理。幼年時候，父親常笑說我：「素麗一下子出大太陽；轉眼間傾盆大雨！三個臉盆都接不完哩！」情緒化，色彩強烈，自相矛盾。大痛時，一聲不吭，死忍。小痛卻哇哇大叫。嫉惡如仇。希望人間有起碼的公理與正義，否則做人沒意思。最喜歡李義山的詩：「若信貝多真實語，三生同聽一樓鐘。」引為千古知己。

唐榮工廠

唐榮工廠在當年，未有加工出口廠時，是高雄一個大工廠。很多工人是從旗津來的。

我常常和他們一道坐早班車。3路車。早上六點三十分。

他們是那麼木訥、沉默，且勤謹。

他們穿一身洗淨的油汙斑斑的衣褲，有很多補靪。

粗大的手常牢牢握住一個包紮在碎花舊布巾的大號便當。

他們的神色疲憊而肅穆。和進出我家的漁人不大相同。他們年紀顯得大些。身骨也羸弱些。

進出我家的漁人大都和我家有點遠親關係，母親常供應茶水便餐給他們。他們多是嘈雜多話的。聲音宏大。濃重的紅毛港土腔。動作大而利落。

而旗津來的唐榮工人則顯得謹小慎微。沉默寡言。

其中一位阿伯。我特別注意到他。他手握的便當盒比較小型，包紮便當盒的花布巾卻很潔淨。

他的神色是忍耐的、苦楚的。但又很認命。

我至今記得他的面容。

六年初中與高中的早班車3路車上，我每天看到他。永不出聲。永遠安安靜靜。風雨無阻。

酪梨葉。油畫

最悲哀的詩

杜甫的詩句──

人生有情淚沾臆
江水江花豈終極

就這兩句詩，我認為是我所有讀過的詩中，最悲哀的詩。
地球自轉公轉，時間之河滔滔而去。生命起始、茁壯、開花、結果、萎落。
甚或不開花不結果，也萎落了。
死去的父母親人骨血，流在我身上。
然後我將在時間之河彳亍，帶走父母親人的骨血。
江流滔滔，激起一些浪花，衝撞一下，打一個旋彎，決絕而去。

有知覺的時候，我在其中載沉載浮。
沒有知覺的時候，我或在歸於大海後，分解成微生物、浮游生物然後歸附塵埃。

塵土歸塵土。
虛空歸虛空。
唯因有情，必須流淚，沾濕了胸臆。
對人生用情，對塵土用情，對虛空用情。
眼界大千成淚海。
人生之河，也不過是一條眼淚聚積的河罷！

詩與樹葉。油畫

二二八紀念館

轟隆的軍用吉普車輾在街道的聲音。在半夜裡。戛然停下。吉普車上跳下持槍的憲兵數人，大聲拍門。軍刀與槍托把木門撞破，湧入憲兵。不由分說拖起剛起床、衣冠仍不整的年輕知識分子男主人。

憲兵惡狠狠地踢男人的背，齒間迸出單字——「走！」

男主人是小學校校長。鐵路局一個小文員。一個留日歸來的律師。醫生。一個去過大陸蘇州寫生的畫家。一個報紙編輯。一個坐過日本牢獄三個月又三天的作家。

農民組合。資崩。葉陶與楊逵。王白淵。林茂生。王添燈。

高雄中學的中學生。戴高等學生帽的清秀面容。六張犁。屍骨上衣物血汙破碎，顯示行刑前的刑求。手掌中間穿洞，用鐵絲串連的人鏈。

紀念館大片玻璃窗外是明亮的。一個蓬勃生機的今日。館內是清晰展示的陰慘的彼昔日月。

美麗島事件以降，是我們親眼目睹的。解嚴及民主化的腳步加快。但有些人的心仍未解嚴，以舊國民黨封建的心態來仇恨台灣向上新生的活力，巴不得台灣沉淪成陰暗的一黨獨大威權封建舊社會。

二二八紀念館是一個可貴的明鏡。昭鑑台灣悲情的過往。一個必須存在的記憶。

檳榔樹。油畫

烏鴉

據說一種叫作「尼羅河病毒」的病菌，專門侵入烏鴉體中，使紐約附近市區與郊區的烏鴉群集體暴斃。連帶有四位老年人也受了感染，病發而死去。

於是整個夏天，紐約市區與郊區，分區噴灑滅蚊噴藥。攜帶尼羅河病毒的病媒，是一種來自地中海以色列地區的蚊子。專家呼籲，必須不停地用像灑水卡車般的噴藥卡車沿街往空中與地下噴藥，否則毒蚊不能絕跡。

很多市民反對。理由是噴藥把昆蟲都殺死了，遷移鳥類頭一個遭殃。牠們將缺乏食物而餓死，或吃了灑藥的昆蟲與漿果，也會被毒死。噴藥本身的毒性對人體亦不好，尤其患過癌症的人會因而復發。連續兩年，市政府與市民為此爭論不休。噴藥車繼續噴灑，大街小巷，分區分段，無遠弗屆。而感染尼羅河病毒的烏鴉死亡率並沒有降低。

台灣平安

三隻烏鴉與一片樹葉。油畫

我家前面教堂的公園裡，原本棲息的二、三十隻烏鴉群，在兩年間全部銷聲匿跡了，一隻也沒有留下。

躁鬱

整個家族都得了躁鬱症。拿菜刀互相砍殺。
是有這樣的故事，這樣的人生。一再重複。
橘紅色壓鵝黃，是一種鬱躁色彩。不經意間，綠色苔點浮現。白色牽絲般拖曳一條抖顫的涎沫。

我在描述一齣家族悲劇。
話語不清不楚的時候，以色彩取代。
「公無渡河，公竟渡河」，宿命於焉形成。
話語沒有參透，橘紅色壓境而來。

櫻樹。油畫

孟買的雨季

二〇〇〇年印度洋風向轉變，孟買的雨季沒有來。印度西部馬上赤地千里，土地龜裂。孟買的印度人乾渴得發瘋。

二〇〇一年印度洋早早吹來帶有豐沛雨量的季風，孟買大雨不止，城裡垃圾山漂浮傾塌，把垃圾山邊的貧戶活埋了。

菲律賓也因颱風帶來暴雨，使經年累月傾倒的城市垃圾山位移，活埋周遭的貧民區住戶，濕淋淋的倖存者在雨中呼號，呼喚失蹤的親人，狀極悲慘。一百九十七人死亡。

中南半島的季節雨季，帶來暴雨，充分的水，以種稻米，養活人口。但也同時造成水災，讓災民流離失所。

雨季若不來，情況則更糟，沒有水，馬上就大旱。

科技文明雖然帶來生活的改進與便利，但人並沒有勝天，人永遠無法勝天，大自然不是藐小的人類可超越的。

人必須學習謙卑，順應大自然的規則，控制人口成長，減低消費，減少垃圾量，分配社會資源，照顧貧民。

多年前看過一部印度女導演的電影《再見，孟買》。描述孟買街頭生活的兒童，他們是孤兒，或自己自鄉間蹺家的孩童，影片是街童流浪兒的現身說法，等於是一部紀錄片了。幾年後，女導演再回到孟買去尋這批孩童時，他們都不在了。取代的是，另一批新的流浪孩童。

摩鹿加群島

印尼的摩鹿加群島，原本也叫香料群島，是一個盛產花果香料的美麗島嶼，因為宗教問題爆發了戰爭，像帝汶島一樣。

東帝汶島保留荷蘭統治期遺下的基督教，和印尼政府的回教徒格格不入，經過五十年的血腥戰事，東帝汶終於獨立。

現在戰事傳到摩鹿加群島，同樣是基督教與回教的宗教衝突。暗殺、爆破、街頭掃射、火燒房屋店鋪。宗教衝突引起的戰事，特別血腥。

我看了一部印度女導演的電影《火》。講的是印度剛自英國獨立時，三大教派的信徒：印度教、錫克教、回教，原本因為一致以英國為敵，所以相安無事。英國撤離時，有些野心家煽動三大教的教主向英國爭取自己教派的土地，甘地反對，此所以甘地被暗殺。英國劃了巴基斯坦給印度回教徒立國，住在巴基斯坦的印度

桃樹。油畫

教徒必須快快離開巴基斯坦，遷移到印度。印度的回教徒必須快快遷移到巴基斯坦。中間又夾了錫克族。交叉遷移時三族互相殘殺，動輒上萬人一次殺光。女導演手法非常逼真利落，影片比任何大型戰爭片都還血腥、恐怖。

大帆船

二〇〇〇年，七月四日。美國國慶日。紐約港口有五十個國家來的上百艘帆船船隊航行。港灣盛會。

我最愛看船，愛聽汽笛聲。很多年以前，父親是個船主，專門造漁船，經營遠洋捕鮪魚與近海捕烏魚的漁業生意。

我家住高雄港口的哈瑪星。

漁船、帆船、舢舨船都極美，魚腥味油腥味再重的輪渡，我百坐不厭，從不會暈船。

朋友替我們要來兩張門票，外子和我一早興匆匆去港灣看帆船。

大帆船有三桅桿或四桅桿，撐開直排米色帆布數十面的風帆，鼓滿了風，海軍穿帥氣的海軍服，階梯般站在桅桿橫桿上，立體排列，直站到桅桿頂，真是威

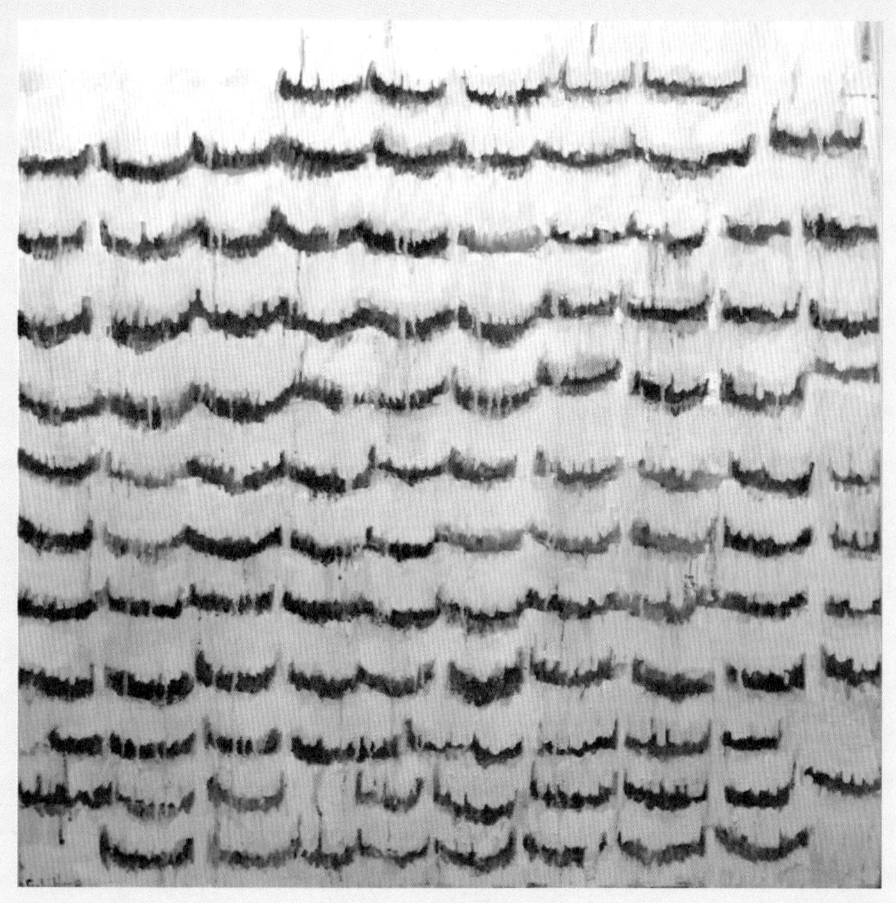

浪。油畫

風極了！

甲板上水兵樂隊奏著我中學時唱過的〈起錨歌〉：

——伙伴們，起錨了，起上大鐵錨。學校的歡樂已過，起航在破曉，在破曉。昨夜晚在岸上，歡飲通宵。再見在來朝明日……

葡萄牙、日本、西班牙、巴西等國的大帆船，特別令我想起當年的海盜船，辛巴達七航妖島、麥哲倫船隊、哥倫布發現新大陸的船艘、金銀島。

在港灣看雲

八〇年代以後，港灣的鷗鳥減少了。
九〇年代則全部已絕跡。
不能看鳥，只好看雲了。

港灣的雲彩特別蓬鬆胖大。夏雲多奇峰，黃昏時，從海平面上滾捲出大塊大塊雲彩，先是雪白色；落日逐漸在海上西沉時，光譜散放成七彩，照耀在雲朵上，紫光、紅光最長，白雲燙熱成蒸騰的霞蔚。慢慢捲絲，成一道道裊繞的綵帶，再稀薄化，成平展的絲綢。慢慢再淺雕成飛魚，大刀闊斧，斧劈成一匹象形的戰馬，一朵巨闊的花卉，一群草原灰淡色的綿羊，一叢遍布海岸礁石間的小雛菊。

颱風天前，濃雲顏色像毒性的罌粟花般豔麗。

港灣的雲，飽含水氣，是水質的浮雕。它不再抽象，不再冷漠，不再遙不可及。

港灣的雲和我們生活息息相關。預告天氣給討海人。冷鋒何時下來。風速多少。浪高多少。魚汛消息如何。港灣的雲像做數學習題般，一一在天邊照實演算給我們看。

有經驗的漁人一讀就知道了。

港灣的雲，和我們生活息息相關。

水的壁虎與黑色的鳥

日式紙門圍著兩面的榻榻米房間，另一面是壁櫥，再一面是整扇裝了玻璃的木格子大窗。窗外很黑。下著雨。

大棉被擠睡著姊妹們，女傭，及祖母。

我老是在半夜醒來，聽著雨聲。打在小小庭院的桑樹樹上的聲音。沙沙沙沙。像蠶寶寶吃桑葉的聲音。

我略微起身，看向窗外。玻璃窗緊閉，但掛滿滴水的雨滴，給路燈微弱的燈光一照，滿滿攀爬在兩大扇玻璃窗上的雨滴，像壁虎般的爬蟲類，拖著長長尾巴，頭角兩隻晶亮的眼睛直直射向我，對著我看。反面的淋雨的玻璃窗，是一隻疊一隻的透明壁虎，一雙雙晶亮的眼珠，也是重疊著，對著我看……

然後，我看到緊靠窗邊睡覺的祖母，頭上停棲了一隻黑鳥。有時張開雙翅，有時只亮一邊翅，微微搧著。我看不清牠的頭臉，只約莫可以看到牠的身軀，尾，兩扇或一扇的翅膀。牠就靜靜棲在祖母的頭髮上，有時是祖母側身睡的肩上。

我大概三、四歲的樣子，無法在白天向家人訴說夜間所見——攀在玻璃窗上時時斷裂長長尾巴的壁虎。以及一隻大黑鳥。那應該叫「烏鴉」罷。

旅愁海岸道。木刻畫

倏忽

在稻田田壟間漫步時，聽到滋——的一聲，青綠橘紅的翠鳥掠過眼前！眼前烈日下的南台灣風景，像磐石般穩住不動；對照倏忽翠鳥的剎那一瞥，令我覺得心安、溫馨，有歸屬，有著落。

熱氣蒸騰，白雲反光成亮銀色。稻田過去有蔗園，有竹林，還有一個果樹園。種植了荔枝、蓮霧，與釋迦。

勤勞的工作，建立了豐美的家園。我害怕蠻荒，害怕無主的大片大片土地。我喜歡人煙風景的豐潤美滿。

一行行精心種植的豆苗園圃，稻秧水田，細心縫製包裹以防蟲害的香蕉布包、蓮霧布包、釋迦布包，耗盡汗水與忍苦的耐性，讓我覺得人的勞動力的可貴，經營大自然以求溫飽的神聖與謙卑。人間氣味濃稠的風景多麼可依戀。

流暢

十年沒有回來住過港灣的舊家。每回返鄉，東靠西靠，故鄉人對我好得令我汗顏。而我又很濫情，濫情過後，仍然厚顏而賴皮。言語訴說不清。

此回住到舊家來了。每天都在百感交集。時間在消逝，父母親都不在了。港灣的漁船沒有一艘我認識，雖然馬達砰砰砰聲是熟悉的，汽油腥味也不變。

有一天清晨，我在港口街踱步，旁邊蹣跚走著一個老婦人，她突然對我叨叨說起我的家族史：

——妳家有一艘漁船在颱風天碰壞了，妳爸請港務局的人幫忙，把破船拖回來。第二年又造一艘更大的，走遠洋捕鮪魚。新漁船下水禮時，放了好大一長串鞭炮啊……

老婦人走過來和我並行。奇怪，我一點都不認識她，而她說的事我卻記得一清二楚。像一個久別親人過來和我話家常，時間在縱橫經緯織線間跳格停駐；幾時，我成了回鄉的遊魂，做鬼回來，陌生的親人街坊卻一眼認出了我，過來和我敘家常？而我的家族史成了縷述不絕流暢的故事？

老婦人獨自說了一段落，離我而去，拐入一條巷道。而我始終沒機會開口問問她：是誰家的阿婆呢？

時空之樹。油畫

蘆葦

我們來到城中公園人工湖岸，觀察多年來棲息安家於湖中的一對白天鵝。每年牠們繁殖一隻或兩隻小天鵝。母天鵝就在湖中蘆葦叢中安置一個浮巢，公天鵝在巢邊守護。

去夏，小天鵝誤食湖中不明金屬物而死去。今年，這對天鵝一口氣孵出三隻小天鵝，好像為了補償去年的損失。夏末，三隻灰絨小天鵝已與父母一般大，只要一入秋，幼天鵝會在某一夜間突然消失。大概被親鳥趕出家園，搬到長島，或紐澤西，或南方，去尋覓一處內陸湖，人工的也好，天然的也好，找一隻伴侶，廝守終生，一如牠們的父母親鳥。

此時，三隻灰絨天鵝幼鳥已遠離了。畢竟這湖只能供養一對天鵝。雖然已入秋，蘆葦葉仍然青綠，挺拔如劍鞘。——「蘆花深處泊孤舟，笛在明月樓」。蘆葦搖曳乾擦如撕裂書頁的聲音，填滿了空蕩的湖面。

台灣平安

心境

夏目漱石有本小說就叫《心鏡》，也拍成電影。很久以前看過，一直不能忘懷。近年來，一再回想這小說，與電影，好像開始在意會什麼。

總括說來，無非是一種「心境」罷！

體會別人的心境，描述自己的心境，好像在人叢中，尋找自己座位的號碼，對照別人座位的號碼。

這是一種後中年期的心境。不是虛空，也不是寂寞，更不是徬徨無依，嗷嗷待哺。

毋寧是一種塵埃即將落定的感覺。有點微醺，又留著一隻靈眼，看著自己的微醺。

去波士頓看兒子。訪一位舊友。離開前特地彎去看梭羅隱居一年半的「華爾騰湖」。多年沒有造訪這湖了，正值深秋。天空特別藍，整片反映到整個湖中，一道白雲像白色溪水流過藍色洋面。使藍色更深邃神祕。梭羅的心境，盡現在湖面上了。幾乎掉光落葉的秋林中，仍有一株鮮紅色日本楓樹，亭立湖畔。颯颯搖曳。

橡樹。油畫

靛藍色

英文「藍色」，是「憂鬱」的同義字。

藍色與白色是我最最喜愛的顏色。

用大號筆刷出藍色原野時，特地留了三個白色窗口。藍色有白色點綴時，會更幽藍美麗。

外子和我和公婆在小餐館落座。爵士樂的藍調自每個牆角放送。氣氛雖然有點「藍」，但合我脾胃，我喜歡這種若有似無的「藍」。婆婆非常排斥藍，她是屬於橘紅與明黃色調的嘵舌愉悅。公公近兩年得了歐滋海默症，行為遲緩了，不大說話，但顯得平和、安靜、退卻的寧祥愉悅。一如過世前的父親。公公和父親成長背景很像，都是出身困苦、好學勤謹、中年事業有成，對家人親朋友好一概慷慨大方，可以撐起一整個龐大家族的重擔。

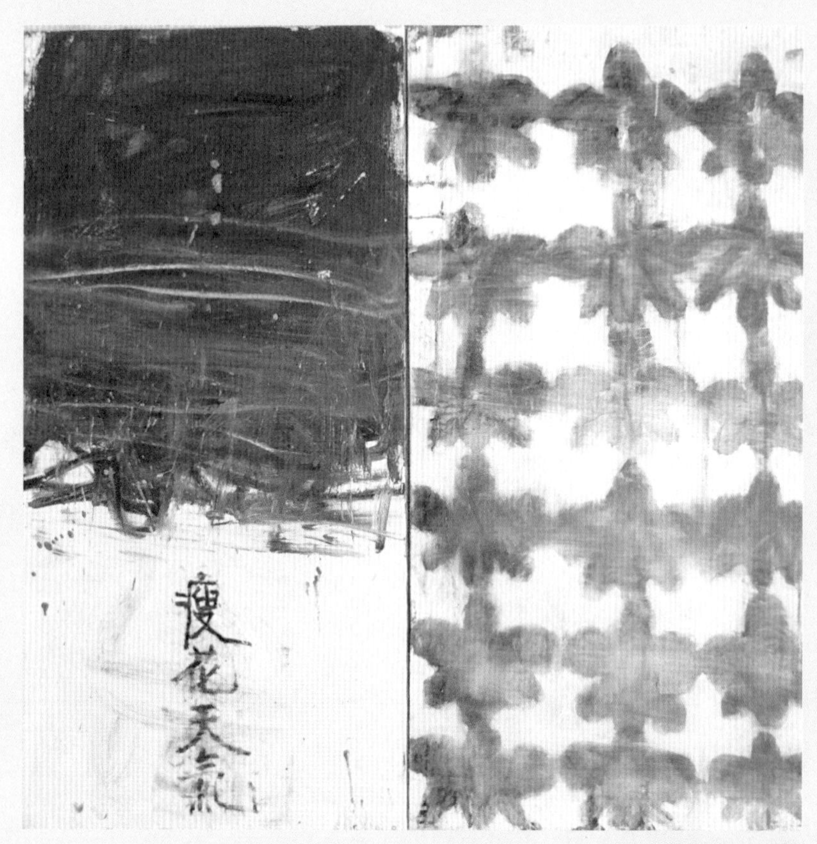

靛藍色。油畫

老年期的父親與於今的公公，都是非常藍調的。年輕時叱吒風雲的事業家，老年時安於簡靜靛藍的沉穩。對即將來臨的未知，一無恐懼。我認定，那是一種淨藍色的心境。

蝴蝶蘭

蝴蝶蘭是母親過世前最愛的花！

幼年家裡後院有一個養金魚的水池，池兩旁各站了一棵參天大榕樹。樹幹掛滿各色各樣的蝴蝶蘭。品種多得很，有蘋果綠色、白色、紫色等等。是母親的同父異母兄弟自台東帶來送給她的。

黑色蛇木上爬著蝴蝶蘭淡綠色的氣根，花開得越茂美，它的氣根也越盤錯。母親視它們如珠如寶，一早起來一定用水管把蝴蝶蘭連葉帶根澆水澆個夠！美麗的蝴蝶蘭一朵朵像張翅飛著的蝴蝶，大榕樹垂下氣根網住這些振振欲飛的蝴蝶。有潔癖的母親把魚池水塘上的榕樹落葉也撈乾淨，池水映著濃密的榕樹呈黝黑色，金色斑斕的游魚有二十來條，悠哉悠哉地游著。

我坐在池畔的石塊上，可以看金魚婀娜款擺絲綢般的尾鰭的游姿，看個老半天。蝴蝶蘭幽甜的香氣，若有似無。

後來三姊受母親影響，在她家三樓屋頂搭棚闢了一個蝴蝶蘭園圃，育有五百棵蝴蝶蘭。唸眼科的姪女，也在她的公寓開始用日光燈養蝴蝶蘭。她們都愛蘭如癡。

我仍清晰保留舊家後院魚池畔、大榕樹幹上掛著的蝴蝶蘭給我的最初記憶。像一小片熱帶雨林，烘熱的氣息也招徠蚊蚋。

母親去世已有半年了。我和她相處得並不好，但我仍覺得像身體被抽得半空般的空虛感。

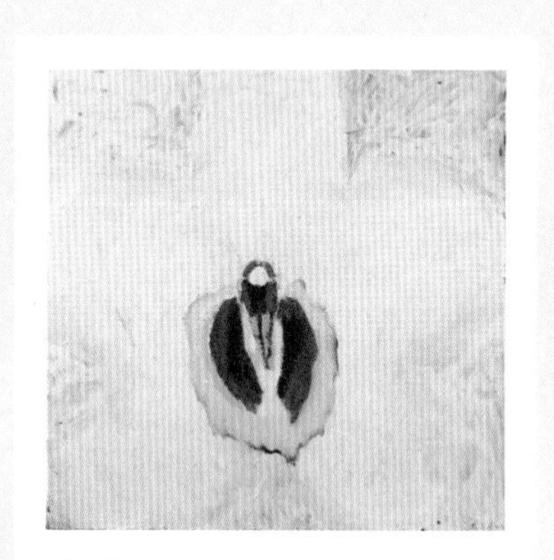

白色蘭花。油畫

男孩與狗

在馬路邊等公車時，一個約九歲的小男孩抱著一隻白色的狗，歪歪倒倒地走過來。

過馬路時，眼看男孩的手快抱不住狗了，但因為黃燈快要轉成紅燈，男孩小跑著，奮力把狗抱過街，我也緊張兮兮地替他們捏了一把汗。

走過我背後時，男孩真支持不住了，放下了狗，一面自己捶著痠疼的手臂，大口喘著氣。

「為什麼你要抱狗呢？狗不會自己走嗎？」我笑問男孩。眼看著四肢落地的小白狗，約有小男孩一般的大小與體重，除了左後肢有點拐，看不出有什麼不對。

和我一道等公車的幾位婦女，也和我一樣以詢問的眼光來回看著狗，與牠的小主人。

小女孩與狗。木刻畫

「牠走不動了！」小主人輕脆的童聲喊著。

生怕小主人不再抱牠的小白狗，一面故意把左後腿往外斜拐，一面嚶嚶叫著，兩眼可憐巴巴地看著小男孩。

「你們走多遠了？」我問。

「十條街啦！」小男孩答。

小男孩剛喘過一口氣，小白狗即刻順勢跳上男孩手臂。男孩趕緊抱著狗，又歪歪倒倒地走向下一條街去。

「牠有四條腿，你只有兩條腿，叫牠走呀！叫牠走呀！」我猶在對男孩的背影大叫大嚷，有夠雞婆。

可愛的男孩！真像我兒子九歲時候哩！

台灣獼猴

高雄是我的生身之地。

人文景觀很豐美。自然景觀倒不怎麼樣。

港灣以前有很多海鷗、燕鷗、老鷹。近年已經少到幾乎沒有了。

哈瑪星很古早以前的銀合歡樹，全部死光光。

唯一比較可看的是柴山公園了。

每次返鄉都會走訪柴山公園。最觸目的是：獼猴數目的增多！多到「遊猴如織」的地步了！最近讀到一份有關獼猴的報導，言台灣獼猴數量已達兩百萬隻！數目龐大的獼猴群，影響到獼猴居住的生態環境的平衡。

在柴山公園小半天間，眼見侵略性強悍的獼猴把孩童嚇得哇哇大哭。在旁的大人，仍視若無睹地繼續餵食獼猴。

我委婉地拜託斯人別餵野生動物，尤其大型哺乳動物，如獼猴。會增強牠對人類食物的倚賴，進而索食、搶食，引起不必要的傷害。斯人當然聽不進去。他說，餵食猴子很好玩，他每天都來餵。

我擔憂柴山公園會變成獼猴王國，獼猴為患！

七星山

最美的是台灣的山岳。

永遠蒼翠欲滴，水霧淋漓。

一九七八年至一九七九年，一年半間，我們租屋住在陽明山管理局車站下來，走進一個小公園，窄窄梯道左側一個連著小庭院的住家。兒子才一歲，剛剛牙牙學語。七星山就在我們租屋的窗外。

雲霧一陣來，一陣去，山影便時隱時現。美麗的山形，山上有一棵突兀的樹，刻在我的木刻版畫中。

這回沿陽明山國家公園的步道上去，遇到很可親的人，像老友重逢一般，我們談著山，七星山、冷水坑、水韭、小油坑步道、五色鳥。

小彎嘴畫眉在旁叫著。水霧把樹影推遠，模糊了，小彎嘴換了一個角度，仍持續叫喚。

外子和我，穿著半截的雨衣，往上爬。自山頂下來的人親切地說：山頂快到了！

雨水從小雨霏霏到挾著山風呼喊狂瀉，樹種明顯地改變，成矮叢草坡，風雨更肆無忌憚了！全身都打濕了，攀爬到七星山頂，一隻淋濕的小彎嘴對著我叫喊，真是老友重逢哩！

雨霧和山風統治的山頂，看不到台北盆地了。

橡樹。油畫

樹鵲

往陽明山國家公園的步道上，遇到樹鵲。

離陽明山公車站不過數步之遙，人聲鼎沸的花季週日，剛一走上步道，有相思樹、山櫻花、槭樹與樹蕨的雜木林中，牠嘎嘎嘎，叫得非常大聲。

長長的尾羽，明顯是鵲科的招牌。稍微用望遠鏡對一下焦距，樹鵲美麗的身影即刻現形。

看到牠，真令人高興！

到陽明山國家公園中心，設備真完美！裡面解說人員溫和可親。告訴我們：可能會看到台灣藍鵲哦！

陰雨。濃雲把山影遮滿。台灣藍鵲並沒有見到。樹鵲倒一再見到。好像尾隨我們一路同行似的。

台灣藍鵲。木刻畫

蝴蝶動亂

這是一部西班牙片。在佛朗哥獨裁剛剛掌權之時的一個西班牙古老小村莊。蝴蝶穿梭了整個劇情。

村裡的小學老師是受村民尊敬的老先生，和裁縫店的小男孩結成莫逆。老師帶領學童到村郊捕蝶，認識蝴蝶生態。抒情而美麗的平靜村莊。佛朗哥政權的士兵湧入後，必須找些知識分子作為叛徒樣板，教村民宣誓效忠佛朗哥政權，鬥爭士兵們指定的所謂的「叛徒」，小學老師是被指定的「叛徒」對象之一。裁縫店一家只好隨士兵口號喊著謾罵老師的話。間中穿插一個少年的無疾而終的初戀。非常感人。

石砌的村道，石砌的小河上的橋。蝴蝶飛舞。學童。小學老師。吹喇叭的少年。受年老粗俗丈夫虐待的年輕女孩。卡車帶走寥寥數位的村莊叛徒，奔向屠場。然後蝴蝶與童年一起消失。古今中外歷史上，動亂的結局大抵都是一樣的。

大白斑蝶。油畫

小燕鷗

哨船頭到西子灣的礁石海岸，原本很崎嶇。海浪打在多孔的礁石上，真是「驚濤裂岸，亂石崩雲」，嘩一聲揚起丈高白花花的浪沫，多麼壯觀美麗！

如今整片礁岸被整形。粗剌岩塊大概被炸平，填上鋼筋水泥，上面填土，於今是中山大學的籃球場，以及幾幢大樓盤據。紫色牽牛花與粉紅色馬鞍藤匍伏在地，吃力地聆聽隔了一世代的地底潮音。

靛藍透明晶亮的海灣，好像也喪失了色彩。一個陰雨潮霧遮陽的灰色早春，我極目搜尋、雙手舉著望遠鏡，手肘也痠了，突然，一隻銀白尖翅的海鳥，輕快地俯衝入海，嘴尖沾濕了海沫，迅即飛起，輕靈的羽翅都沒有濺到一滴海水，是一隻小燕鷗！

小燕鷗的出現，港灣開始出現生機，破土出芽的早苗。

泡沫

此間媒體兩度呼籲，孕婦們不能吃大型的魚，像旗魚、沙魚、鮪魚等。怕大魚體內積累的汞，會損壞胚胎嬰孩的正常發育。

大魚是海洋魚族食物鏈的上層。汞汙染的累積也最多。六〇年代日本海岸工廠廢水引起的鎘汙染、汞汙染，致使日本漁港居民得了水俁病。現在，過了一代，海水汙染是全球性的。因為全世界海域是相通的。從北極海俄羅斯核廢汙染，到全球各港口油汙、工業廢水排放入海，所有陸地的垃圾終歸傾倒入海，為最後歸宿。海域焉得不汙染？

環境全面汙染的結局是：食水與食物的匱乏。工業生產的社會成本增加，抵銷了利潤，使經濟泡沫化。

泡沫有連鎖效應。

整片的泡沫像一張網絡。環環相扣。

烏鴉最後歸來

窗外是合歡樹。

銀合歡的花，像粉撲。像雞毛。

還有巨大的榕樹。

父親唯一的弟弟一家，常來，一屋子親密的家族。父親辛勤工作，養家族，及親族。數十口人。

榻榻米的房間，每間都睡滿了人。

我常在半夜醒來。大概自嬰兒期就常失眠罷。母親說，她半夜醒來查看兒女時，總看見我清炯著雙眼，默不作聲看著她。

我看到透明重疊的壁虎。亮著黑翅的大黑鳥。

是烏鴉罷？我還未聽到「烏鴉」這名詞前，已看過多次烏鴉。

在黑夜中。在靜默中。

像自一個榻榻米房間走到另一間榻榻米房間。我自彼一個世界，踱到此一個世界。

還留有彼一個世界的記憶。

失眠自嬰兒期開始。

烏鴉再度歸來。

我還未學習到牠的名字叫烏鴉。牠已數度駕臨。

在黑暗中。在靜夜中。

春天的稻田

車窗外水田的秧苗一寸一寸的長高。
從樹林板橋站起，火車窗外開始出現稻田，到桃園地區都還是漠漠水田。
過了苗栗新竹，水田秧苗節節抽高。
過濁水溪時，溪水水量比冬末稍稍充沛了些。
雲林縣境時，水田已成一片嫩黃淡綠的茸茸秧苗了。
嘉南平原，水田已是稻田翻起稻浪的規模。
綠色稻浪在風裡搖盪時，明顯地可以看到綠浪的隨風起伏，像浪的推擠前進，或推擠退卻。波浪起伏的青稻海洋。

七小時結束縱貫線火車旅程，抵達家鄉時，稻苗更加竄高，綠色更堅實飽滿。稻穗正在成形，圓熟。

綠色香蕉葉。油畫

火車飛掠間，我捕捉到一瞥白腹秧雞的身影，正在尺高的稻秧間躡手躡足，想捕食一隻大意的小田蛙。

縱貫線上，南方比北方早插秧三個禮拜。那正好是春天行腳的速度哩！

1路車

娘家在哈瑪星。哈瑪星以前有1路車及3路車。

1路車到火車站。經過鹽埕區鬧區、市政府、小圓環、大圓環，到火車站。以前到鹽埕區買東西；去大新百貨公司；去光復戲院，大舞台戲院看電影；去新樂街買鞋買襪，買布買陽傘；去火車站搭火車到台北上大學，到台北轉到桃園機場出國；都是搭1路車到火車站。1路車來得較頻繁，十幾二十分鐘，至多半個鐘頭，來一班。比起往前鎮的3路車，一個多鐘頭才一班，是方便多了。1路車可以說是哈瑪星對外交通的「幹線」。

我此番回來是從火車站坐1路車回哈瑪星。司機明顯比當年的公車司機有禮貌有素養多了！開車不會橫衝直撞，過站不停。也不會衣冠不整，大聲斥喝乘客與車掌。

童年。木刻畫

對了！並沒有車掌。

大家排隊上車，把硬幣投入投幣箱。有十來位智障學生，由七、八位年輕男女老師帶領，上車坐定後，一致穿黃色上衣的智力殘障學生還會聽老師教誨：數度起立讓座給老太太哩！

這些智障學生約十三、四歲大，看來身體健康，穿著整潔。很溫馴地聽著年輕老師們的指令，露出可愛無邪的笑容。

哈瑪星之一

哈瑪星是從渡船場的港灣通到壽山山腳的小學校與菜市場。西子灣就在小學校的另側，壽山尾閭和旗山對峙的海灣。

哈瑪星百多年前應該是一塊沼澤地。慢慢發展成漁船麇集的漁港。漁船一隻隻用粗大的船纜固定在岸邊石錨上。漁船下水典禮時，船頭插著綠色竹枝，船身掛滿了彩色三角旗幟，鞭炮聲一長串自船頭響到岸上。年輕船員自船上擲下圈餅與錢幣，讓孩子們歡呼去搶。印著新船船名的毛巾、瓷碟與碗、杯，分給哈瑪星的各船主。再由船主散給船員與親戚使用。

我家的毛巾、杯碗盤，常常附有各年次造的船名：亨昌號、福昌號、進發號、安平號、金瑞號……

民國四十五年造。

民國四十六年造。

民國四十七年造。

有一陣子，父親好像每一年造一條漁船。每年節有新漁船下水的喜慶儀式，歡樂的慶典。

哈瑪星的盛況。漁船豐收的昔時。祖母彼時仍在世。

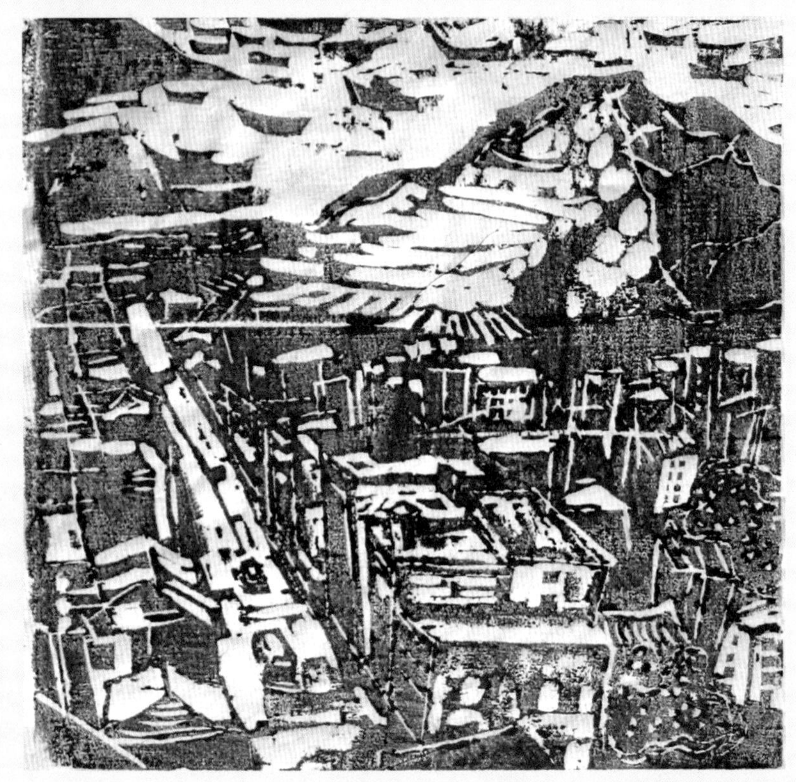

哈瑪星。木刻畫

哈瑪星之二

日據時期，築一線鐵路直達高雄港灣的魚市場，是為濱海鐵路線，簡稱「濱線」，日文稱 Hamasen，台語音譯為「哈瑪星」。是我的生長原鄉。

這是一塊口袋形的海灣腹地，從鹽埕區過橋，鼓山包圍的一塊濱海地，原本是沼澤鹽鹵地。平埔族打狗社在此地捕魚捉蝦蟹為生。日人於一九〇八年（明治四十一年）開始在打狗築港。修航道、漁碼頭、市街、鐵道、市場、小學校。一九五〇年，父親自紅毛港將家小遷來哈瑪星。哈瑪星有我們家族奮鬥安家的全部記憶。

好友姪兒阿倫，一九九七年六月三十日專程給我送來這本《「哈瑪星」紀錄冊》，是「哈瑪星工作室」人員編寫的。文圖並茂，我視為珍寶。

台灣平安

小學老師

五〇年代末期的台灣，生活是寡淡的，氣氛是清肅的，像一組褪色成灰白、褐黃的照片，常在我腦中翻閱。

韓戰後的台灣，台灣人民開始接受國民黨強制的大中國沙文主義的灌輸。恐共、反共的洗禮。萬惡的共匪。

小學校裡經常要訓練小學生躲警報。躲到課桌下去。感覺非常恐怖。小學校常有軍隊駐兵。弄得校園像兵營。

在學校不准講台語。同學間得互相監視，互相告發。

有一位小學老師半夜失蹤。據說是「匪諜」。半個學期後，見他回校來了，每個學童臉上掛一個驚疑的問號。老師約三十來歲年紀。福建人。獨身。經常看見他自學校側門外的菜市場，拎一把濕濕帶水滴的青菜回來，大約是他的午餐和晚餐罷——白水煮青菜。

再過半學期，他離開了，不知去向。

五年級的老師因為帶的是升學班，地位比較尊貴些。他家住的學校宿舍比單身漢宿舍顯然大多了。他有三個孩子。大女兒比我們低一班，大概念書不夠聰明，常見他用竹棍狠狠抽打他女兒，像打班上同學那麼狠。教員日式宿舍就在學校側面操場旁邊。我們都慶幸不是他的女兒，否則天天挨他打，誰吃得消？清貧、惡霸、壞脾氣的小學老師。

鐵杉。油畫

山櫻花

整片草山到處開著山櫻花。

比日本櫻花顏色稍微緋紅些，接近「桃之夭夭，灼灼其華」的桃紅色，但比桃紅色略淡，近似朝霞的透明嫩紅色，水質的，輕淡的。

台灣山櫻花多麼美啊！

非常秀緻細弱的花瓣，即使全樹的山櫻花全開透了，仍然沒有重量。黝黑鐵棍般的枝枒撐向無際天宇，若有似無的淡紅山櫻花點染在枝幹間，像一抹即將消逝的早霞朝日，尤其在早春陰雨天氣中，那種輕淡的水紅色澤，令人心眼一亮。淡淡的，輕性的憂鬱，美感的憂鬱，是台灣山櫻花的本色。

日本文學歌頌櫻花的無常之美。

我歌頌台灣山櫻花的輕淡的憂鬱之美。

山櫻花。油畫

草山步道中，二十年前我們常走的步道上，同一株似曾相識的山櫻花，開在同一季節的清晨水霧中。當中的二十年怎麼過去的呢?學步的嬰孩已朝氣蓬勃地邁入社會群體中，覓得生存的界域。一條生命在彼岸茁壯，一樹英華在此岸綻放，當中二十年流水般一去不復返。

山櫻花兀自開開落落。山櫻無言，下自成蹊。

綠繡眼

綠繡眼比麻雀更容易引起我的注意。
牠的頭背與羽背是閃亮的黃綠色。一圈白色眼圈，喉與尾下檸檬黃。腹部汙白色。
台語叫青笛仔。
牠的叫聲確實像短暫的吹笛聲。
——蘆花深處泊孤舟，笛在明月樓。
——吹笛到天明。
綠繡眼在日本、香港、印尼，我都見過。牠是舊世界的特有種。
新世界取代綠繡眼職位的，應該是kinglet。和綠繡眼一般大小的體型。倒懸樹上啄食昆蟲，也吸吮花蜜。翻身移動輕盈的身軀快速而神經質。

我喜愛綠繡眼。牠是我童年就熟悉的鳥種。

叫聲是極細弱的細細細細，連串像一小串鈴鐺撞擊的聲音。

綠繡眼。油畫

金冠戴菊鳥

和台灣特有種——火冠戴菊鳥很像。背羽橄欖綠。公鳥頭頂上有橘紅色火冠（母鳥則是黃色），在繁殖期尤其明顯，公鳥會頻頻將兩眼上方兩道黑色長眉圍護的火冠朝天矗起，像公雞舉冠一樣。平常火冠常掩蔽在從嘴前劃至腦後的黑眉羽內。

北美有兩種戴菊鳥，橘色冠戴菊鳥與金色冠戴菊鳥。差別就在冠羽是橘色，或金橘紅色。此外，兩種鳥都有兩道鑲白邊在羽翅上，背羽是略深橄欖綠，腹羽則汙白色。沒有台灣戴菊鳥的鮮黃體側與腰。大致上除了羽冠聳起亮出小片顯目的金黃色外，是不起眼又迅速活動的小鳥。慣常在松樹上針葉林間活動，冬天常逗留在紐約地區。

整個冬天我都沒看到牠。松林間十分岑寂。

三月末，我在中央公園遇見莎倫。莎倫五年前在中央公園一處高塔上開始設立秋季遷移觀鷹站，發現紐約市中央公園是秋季鷹科鳥的繁忙驛站，是北美前十五名。我曾為文報導過她。莎倫說清早在公園北邊她遇到一隊約三十來隻的金冠戴菊鳥！

我說我整個冬天一隻也沒見過。莎倫說她也沒有。但是今天突然來了一大批哩！也許這個冬天牠們沒有在紐約地區度冬。

我問起去秋她觀測的鷹科鳥的紀錄。

她說她記錄了十七種鷹科鳥過境。有某一日，五隻金雕過境在同一天，真是奇蹟。莎倫開始決定在中央公園獨自設鷹鳥遷移觀測站，每日在高塔上自早晨七時至下午六時，所有資深的賞鳥人視她為瘋狂，偷偷預估她不出十天、半個月，大概會因紀錄太稀疏，而無聊至死，掩面匆匆下台了！沒想到情況比預期的熱烈，她自八月中至九月中，記錄到的過境鷹科鳥和離此約一小時車程的鷹科鳥觀測大站——彎刀山觀測站不遑多讓哩！於今有多人義務加入，媒體也大加報導，全市教師頻頻帶學生來觀測站和她一同賞鷹，她和義工友伴也充當解說員。賞鷹成一股熱潮，我也和莎倫熟識起來。

和莎倫分開後，外子和我往一處有冰河遺下巨石塊及小池水的密林地方走去，看到三種啄木鳥頻頻現身，終於在一株仍枯枝交纏還未爆出任何新芽的橡樹上端，看到一隻活躍似戴菊鳥的小黑點。我迅速舉起望遠鏡，對準調好焦距，果然是一隻金冠戴菊鳥！

群樹。油畫

外太空的交會

我喜愛的拉脫維亞出生的紐約女畫家——維扎・席明斯，經常畫太空黑色背景的白色光點的星芒。拖著一小截尾巴的是彗星了！畫面簡單寧靜，只有黑白兩色，炭筆在紙上畫，或油畫畫在麻布上。白色光點灑在勻黑的背景上，每一個光點都有不同的深度與亮度，星辰密布的規則有著藝術家深思熟慮的創意在。她的畫是極簡藝術的精品。浩瀚星海中的夢境。

一九九七年三月九日，在蒙古及黑龍江漠河一帶出現日全蝕和海爾－鮑普彗星共同出現的奇景。在當天早晨九時零八分十八秒時，太陽完全被月球遮蔽，天空一片漆黑，滿天星斗中，海爾－鮑普彗星拖著長長的尾巴劃過日蝕上方，非常明亮，發出白色與湛藍的光芒。

日全蝕與彗星一同出現的奇景過往僅有三次紀錄：一八八二年五月十七日的

台灣平安

水光。油畫

埃及；一九四七年五月廿日的巴西；以及一九四八年十一月一日的肯亞。

三月九日的日全蝕歷時兩分四十六秒。九時十一分零四秒時太陽再現，天空星辰全部隱退。白晝復原。

外太空彗星劃過日蝕的景觀，世紀末交會的光芒。令人戰慄的寒凍與寂寥之美。仍是極簡藝術的極品，只出現兩分四十六秒，然後消逝！

台灣平安

月蝕

一九九六年九月底，及一九九七年三月二十三日，夜晚十時左右，兩次我都特地披衣到公園去看月蝕。

一九九六年九月那次，外子和我坐在公園條凳上，等著看月蝕。旁邊不少人也各據一方，大家輕聲低語，公園裡高大的樹影婆娑，是一個良夜！

月蝕開始，雲影也自南方湧動，像一排又一排翻起來的浪，撲向月亮，剛剛蝕掉一小片的月亮，頃刻被雲厚厚地遮住，整片天空像布幕籠罩，連一顆稀星也看不到了。

這回，一九九七年三月二十三日，是個大滿月，月暈清楚，小片小片被地球的影子遮了，然後小片小片陰影移開，月亮重新顯現。

對於天文的運作，我沒有好好地研究清楚，只是喜歡觀賞，宇宙神祕的奇蹟演習。人間的豐美是多面的，永遠值得歡喜觀賞，並且感謝靈蹟的顯現。

黑珍珠

蓮霧是我最愛的水果之一。

蓮霧、鳳梨、芒果、甘蔗、木瓜，我喜愛的故鄉水果。色彩美麗，滋味更是美！

到屏東友人的蓮霧果園。纍纍果實包在白色袋子中，為防蟲噬，也免受到殺蟲劑噴灑。

友人兄嫂略翻翻掛在樹上的袋子，指點給我們說：「這袋蓮霧是七、八分熟！」「這袋是九分熟！」「這袋只有六分熟！」

不夠熟的蓮霧摘下來，嚐了不甜，賣價便不高。熟了的蓮霧，飽滿多汁，友人摘了一串，洗淨了，大家蜂湧搶來吃，真是甜美多汁液！

屏東林邊盛產的蓮霧，叫「黑珍珠」，真是名副其實。珍貴晶亮，正如黑珍珠。

台灣平安

友人是小學教師，親近土地的農家子弟，帶領學生與學生家長走訪屏東茗濃溪口賞鳥，我們順道加入。然後順道彎到他家果園來飽嚐「黑珍珠」蓮霧。

屏東平原盛產各色水果。當年日本人在屏東廣植甘蔗，製糖會社壓榨屏東的蔗農。諺語說：「第一憨，種甘蔗給會社磅！」屏東也有一頁水果果農滄桑史。

海港

汽笛。海鷗。船員。漁港。

漁船進港時候，總是在半夜。枕上聽著漁人踩著木屐敲在馬路上的聲音。那聲音是歡暢的。匆促的。交頭接耳，傳遞訊息的。

耕海人的勞苦有了欣悅的收穫。

尤其是在冬季，東北季風吹起時，親潮帶來鼓腹魚卵的烏魚群。可以讓船主一夜之間致富。也可以讓借錢投資一季的捕烏魚船，因屢屢空船無獲而血本無歸，船員拿不到薪水。船主一夜間破產。

烏魚煮米粉湯，是多麼鮮美！母烏魚的卵巢（烏魚子），大者人手雙掌合併，小者也有半掌的大。裡面是億萬顆卵子。母親和女傭剖了母烏魚，取出烏魚子，有破縫則用針線縫好。兩面撒上粗鹽。放置在一長條木板上，一副一副烏魚子隔

港灣水紋。油畫

兩吋併放，上面再放置同長的木板長條，放置一副副抹了鹽的烏魚子，四、五層後，上放石塊壓，把烏魚子壓平，曬乾。吃時，用炭火烤，切片，夾生切白蘿蔔吃。是人間美味。

公魚精巢——烏魚膘則煮湯吃。烏魚腱（胃囊）則曬乾，像魷魚乾一樣，烤來吃。

油菜花田

油菜花鮮黃色的花開在綠油油的菜圃中，背後是一座橘紅與琉璃黃色的廟。一九九二年農曆年前後，台南縣。

一九九六年五月。英國。也是一畝一畝的油菜花田圃。豔黃的花開在翠綠葉片中，放眼看去，是一片黃，與一片綠，整齊美麗。

一九九七年一月。我在紐約圖書館看台灣影片《無言的山丘》。最後的一景，是一片油菜花，女孩垂死，躺在油菜花田邊，要給男孩身體的慰安。這電影很像日本導演溝口健二的影片：《白菊花》。導演的藝術品味是很好的，但是影片總缺一點什麼，最重要的，台灣味不足，雖然片中對白都是台語（這在八〇年代以前是不可能的，台語及一切有關台灣本土的文化藝術都被壓制到貧薄的境地），但是台灣味就是不道地。台灣的人情氣息就是不夠真實。雖然楊貴媚演得夠賣力。片尾的油菜花田美雖美，也就是不夠真實，油菜花不可能長在海岸高地上罷？油菜花既不耐風也不耐鹽。

真正台灣本土味在被否曲、蔑視、壓抑了半世紀後，回頭再被拱到檯面上，需要一點時間與努力，才能掌握其中的真髓。盼望台灣產出更具台灣味的影片。

綠葉。油畫

玫瑰笑顏

案几上擺了一個灰泥色陶瓶，上面插了五朵昨天才在「農人市場」買來的含苞玫瑰，今天一齊開放了笑臉！自左至右：珊瑚紅色、青白色、肉白色、粉紫色，以及猩紅色。五張笑臉一齊張大嘴巴，開口無聲地笑，樂不可支哩！我讀書、寫字，目光每每被吸引過去，以致一整天一事無成。當中離座去聽了兩次電話，上了一次廁所，做了一杯茶。喝了茶又上廁所。五朵玫瑰始終張開嘴整齊地對我大笑著！我無法專心讀書寫字，只好支頤看著花，生命在最飽滿最繁華的時候，就該有這樣盡情的笑容罷？笑過了頭，就從容地枯萎了罷？沒有遺憾罷？不會戀戀不捨罷？

生時美如花的笑靨。死時就如秋葉哀悼的嘆息。兩者都不困難。

雖然如此，兩者的差異仍是大的。我仍然很害怕。

台灣平安

白蛾與樹葉。油畫

害怕

我的藝術家朋友們個個神經過敏，有很多人有「窄室恐懼症」，害怕在一個窄逼封閉的空間裡，因此不能乘升降機，只好爬樓梯；不能坐地鐵，只好坐公車（太擠的公車也不能，只好搭計程車）。飛機是絕對不能坐的，不僅窄仄，不僅封閉，而且又震盪！令人魂飛魄散啦！

酒吧倒是可以去的，但不能是地下室的酒吧。這又引伸到「地下室恐懼症」了！恐懼一旦失火、地震，一個人在地下室裡會無處可逃！這種種恐懼症不算反應過度罷？確實有這樣的死亡意外在島內頻頻發生：KTV、三溫暖、旅社、賓館等等。都是設計成逼仄封塞的一格格小空間，發生意外時，真是無處可逃，結局格外的淒慘。我的朋友們的恐懼不是沒有理由的。

即使不發生意外，單指進入一個像囚房的小空間中，內心不會惴惴不安嗎？

台灣平安

櫻樹。油畫

又有何樂趣可言呢？然而很多娛樂聲色的場所偏偏又都是這樣設計的，為了「隱私」。

於是，我也害怕「隱私」。

鸕鶿與小雨燕

早上睜開眼睛，頭一件事是看窗外的天空，天空的雲，雲際的鳥。

我是早起的鳥，也喜歡看早起的天空的鳥。

每天最早出現的鳥都不一樣。

有一次，我看見小燕鷗輕快劃過我枕畔的天空，像中學生時的我，趕早班車一樣。那時天還惺忪，呈蒼灰色。小燕鷗的背羽也是蒼灰色，肚皮翻白，就是半秒間剎那而過的飛姿，我知道是小燕鷗。

我也看過雙環頸鴴飛過，一邊叫著嘰嘀、嘰嘀、嘰嘀……聲音顯得倉皇。行色匆匆。

今天，首先出現的是由北南飛的鸕鶿，直線飛行，細脖挺直，是大黑鸕鶿。南方是海港碼頭，牠往碼頭去，離我視野距離約三十呎。在越過窗邊之前，交錯

夏樹。油畫

飛來一隻小雨燕，離我眼睛約十來呎的距離。牠神經質地搧動短短的翅膀，因為追啄飛蟲，常霎時變換飛行路線，等於是在空中翻一個觔斗一樣。我的視線追隨小雨燕翻了兩番，很快，牠也翻出了我的視野之外。

天空是泡綿狀的小片小片灰雲聚集，我比較喜歡把它們看成一匹匹小綿羊。輕雷響起，雨，即刻打在窗玻璃上。

又土又俗的大花印花布

我們催促友人的阿爸快去投票所監票。我想搭客運車回高雄前先去辦兩件事：逛逛美濃湖，及到布店看看有沒有又土又俗的台灣印花布。

友人的阿妹開車載我們，她已一大早去投完了票。自告奮勇陪我們去辦這兩件事。

她開車載我們走訪三家布店，最後一家有我要找的大花印花布。

我會喜歡這種台灣土俗印花布，因為小時候母親替每個孩子縫的棉被布套，就是又土又俗的台灣花布。花卉多半是台灣土產的花：扶桑花、山櫻花、美人蕉、日日春、繡球花，或碗大的牡丹花。

底色是大紅時，花往往是橘紅、泥紫，及土黃色，配上長長斜飛的狗尾草，很像日本和服的花色，但更為繽紛，顏色更大膽。完全是台灣亞熱帶鬧烘烘的本色。

底色是青紫時，花卉則是時疏時密的牽牛花，竹葉，一抹遠山，及一道彎彎的寶藍色河流。

我多次到百貨店的布匹專櫃、吳響峻布店、新樂街布店，找這種花布，總是找不到。這回得來全不費工夫。當下裁了三塊大花布。一塊大紅。一塊土紅。一塊灰紫。

樹葉

夏天時，滿城綠色的樹。

綠色的樹葉真美！

所有樹葉，造型都很美。而綠色，是最美麗的顏色。

過往若干年，我費了不少工夫去認識植物的芳名；先認草本植物的名字，總是從葉片來認，卵形的，披針形的，邊緣鋸齒的，長鐮刀形的……然後認木本植物的葉型，對生的，互生的，環生的，輪生的。

百千萬種的植物，就有百千萬種的葉片造型。

甚至也專程去陽明山國家公園的夢幻湖看水韭。葉片很像國畫大寫意的蘭草，事實上，又更像我們吃的青菜——韭菜多些。只是長在水中罷了。既然長在水中，又是瀕臨絕種的台灣特有種，那葉片狹長臨水之姿，楚楚可憐，正是「瘦影自臨春水照，卿須憐我我憐卿」哩！

總之，水韭在夢幻湖中水霧迷離，影影綽綽之姿，真是美極了！

於今隨意揀起的路旁行道樹的葉片，公園橫生的枝枝葉葉，都讓我駐足觀賞半天，也不大去追究它的名稱與身分。

看樹葉，就是以一種不求甚解的純粹鑑賞態度來玩味。

桑葉。油畫

溫帶雨林

這裡是阿拉斯加一個島嶼，很小，漫步走一圈約三小時。

整個島是一個原生的雨林，溫帶雨林。從來沒有人來此定居，島嶼是屬於阿留申群島的系列火山島嶼之一。地殼當年變動時，火山岩漿自海底拋擲出來，散落成一小片零星小島嶼，此島特別小，不受人注意，因此島嶼保留原生雨林，億萬年來未受破壞。

現在是阿拉斯加保育局管轄。雨林小島，每天可以載一船約四十名的遊客上岸來看看。有解說員帶領走在狹窄步道上，不去驚擾島上的生物。

因為是在高緯度地區，沒有七彩鸚鵡飛過林間，沼澤間也沒有鱷魚出沒。針葉林與白楊是主要樹種。

炭酸腐殖沼澤上長著浸水的林木，垂掛著苔蘚。啄木鳥敲木的聲音，鶯科鳥細碎叫聲，鷸鳥的叫聲特別劃空地嘹亮。這是陸鳥的繁殖期，每棵樹，每片草澤，都是一個領域。厚植的苔林步道上，走在上面水浸透了鞋袜。空氣是涼冷、陰森、潔淨，且空靈。

最美的是垂掛林間的各式各樣的綠色深淺不一的苔，如絲如網，如窗帘，如輕紗，浸透著日光，美極了！

日環蝕

一九九四年五月十日下午一時三十五分時，我看出窗外，突然覺得日色蒼黃！月球遮住了太陽，月球在軌道上和地球及太陽成一直線，月球的影子遮住太陽，使地球上的英國、法國、北非的摩洛哥及美國，都同時看到了日環蝕。

我下樓去。陌生的街道行人減低了行色匆匆，彼此提醒著：「看！太陽被吃掉了！」

真是「天涯共此時」啊！

我沿街漫步，所有樹葉間篩出來的影子都是半圓形；遮掉半只太陽光後，整個城市好似也消音了不少。大家步履慢了些，車聲喇叭聲似乎怕驚動什麼而噤聲了，城市變得鬼魅幢幢，不尋常的寧謐，不尋常的慢拍節奏！

日蝕過程約三個小時多一點，在下午三時左右，太陽被月亮遮到只剩一個光環。

然後光環破裂，月球逐漸移開，陰影逐漸消弭，太陽光逐漸顯現，地面上的人群聚一小圈一小圈，傳著濾光片對著太陽看，我走過幾個人堆，刻意停下來，自然有人會傳過來濾光片給我看，大家彼此讚嘆著：「很棒罷？」「是的，太棒了！」「你也瞧瞧！」「讓我再看一眼。」

城市人度過了最祥和、友愛的一天。

吹薩斯風。木刻畫

友人的老爸

在旅舍戶外吃稀飯早餐。友人的父親來訪。

清晨七時半。再過半個鐘頭，我們即將離開旅舍，說好老闆娘開車送我們去朝元寺外搭八時半的客運車回高雄。行李已打包好，吃完早餐，結清了帳，我們就要走了。

一個瘦而挺的男人走過來，笑說：「認得我嗎？」

起先沒細看，我還以為是老闆娘的先生。我趕緊說，吃完馬上去結帳。我以為老闆是受老闆娘囑咐，來送我們去車站。

瘦而挺的男人走近了，戴阿扁帽，穿阿扁衣，顯然是阿扁人員，笑容非常熟悉而親切，像友人的臉。

我告訴外子，是友人的老爸！多年前去過他家，他親手下廚煮一桌菜請我們。

是一個聰明外露、又和氣靦腆的典型客家知識分子農人。像鍾理和那樣素樸、淳真、又聰慧的客家人。

他極力邀約我們去他家。今天是投票日，他要監票，他負責幾個區的投票，務必看顧好他責任區內每一票安全妥當進入票箱中，絕不能漏掉一票。

我們帶了簡便的行李，搭他的車去他家坐坐。他說昨天掃街時看到我們，問了鐵民認出我們，今天一早來找我們。百忙中仍執意要請我們去他家坐坐。盛情可感！

友人的阿妹

美國劇作家田納西・威廉的名言是：「我永遠依賴陌生人的慈悲。」對我而言，我永遠依賴友人的慈悲，以及友人的親人的慈悲。

友人的阿妹回到美濃湖來接我們時，手上沉甸甸提了一袋剛做好的粄條。附一包炒香的蒜末。要給我們帶回去吃。

阿妹說，粄條是熟的，只要沖下熱熱的高湯，撒下炒好的蒜末，就可以吃了。

可愛的阿妹！我前一刻間還在為《青色山脈》的表姊而哀悼過往時，阿妹適時的關懷，令我心情即刻明亮起來！

永遠倚賴友人，及友人的親人的慈悲，此生滿滿為人間溫情所包圍。生而無憾啊！

故鄉人的心靈，是多麼溫馨美好，多麼遼闊，勇於承擔！

平安台灣

白色山茱萸花。油畫

荔枝園

旅行的最後一刻，友人的阿爸來訪。感覺像比親人還親的人來訪。（事實上，我的親人和我一點也不親，這是我這生最大的悲劇之一啦！）

友人的祖母九十五歲了，五官很深刻，年輕時一定很美。

我非常喜歡客家人，喜歡他們的勤謹、義氣，與潔淨。

女孩的名字常有一個妹字，平妹，台妹，一種女性的溫婉可愛。客家的女孩。

友人的阿爸帶我們去看他手植的荔枝園。就在屋後一條溪畔。走過田壟邊，一隻黃褐大鳥從牠伏身的叢草間擲飛出來，隱沒入數尺外另片草叢中。看牠身型，應該是黑冠麻鷺。友人阿爸說，他們當地稱呼牠叫「黃鶴」。

走到他的荔枝園，荔枝正在開花。

新基因的荔枝樹就像蓮霧樹一樣，都長到人手可及的高度，即開花，結滿果

風中的樹。木刻畫

實，手可及方便摘取，也方便照顧葉與果的蟲害。

荔枝五月間可熟。

目前仍雇兩個工人照顧荔枝園。

像梵谷畫橄欖園。有機會我也應該來畫荔枝園。果實成熟時，無風自落。生命飽滿。完成一個章節。

縱貫線

長長的縱貫線火車，是我最愛搭乘的。

芥川龍之介的小說《蜜柑》，寫二等火車凍白的冬日車廂內，一個即將離鄉到遠地做工的女孩，奮力打開車窗，向飛越車窗外三個來送行呼叫的弟弟，擲出懷中的蜜柑做臨別禮物。過後，凍皺的手關上了窗，原懷嫌惡之心的作者，霎時感動於農家女孩疼愛弟弟的心，而寄女孩無限的同情。

川端康成的《雪國》，一開頭即描述火車出洞口，白色雪鄉的景色把陰暗的車廂映成白日。

縱貫線的火車也同樣馱載了我生活上的點滴故事。

自上大學那年開始坐縱貫線火車，到如今，三十多年過去。

親人到站下火車走了。我仍在縱貫線火車上磨蹭。捨不得離開。

對我而言，對生的依戀，對故鄉的依戀，就是對縱貫線火車的依戀。海線的，看得到新竹香山，與苗栗通霄海岸上堆湧的白色浪花泡沫。山線的，穿過苗栗山區的稻田，與黑黑長長的山洞。嘉南平原的牛背鷺在晨光中甦醒，慢慢亮開雙翅，起飛。

藍磯鶇

母藍磯鶇經常見到。直挺挺立在淺溪畔的石塊上，人家庭院的樹樁上。挺直的略細長的身軀，典型鶇科鳥的姿態。
牠的尾羽不停地上下擺動，使牠挺直的軀體顯得威風凜凜了。
終於看到公的藍磯鶇了。
站立在屋厝角上！起初還沒注意到，光看到尾羽一直聳動！拿望遠鏡一瞧，棕紅的下腹，寶藍的軀身，真是英武美麗！
難怪牠俗名叫「厝角鳥」。屋頂犄角上，是牠慣常落腳處。上身雖不動，但眼觀八方哩！

繡眼畫眉

布農族人出草或出獵時，以繡眼畫眉占卜吉凶。

獵人出門時，如果繡眼畫眉是在前右方啼叫活動，是好兆。如果是在左後方啼叫，則主凶。獵人當機立斷，怏怏回家關起門來。休生養息。

繡眼畫眉是十分靈巧的鳥。頭臉灰色，白眼圈使牠的黑眼珠炯亮醒目。上背灰褐色，喉胸灰白色。成群出現在低至高海拔的闊葉林中。在柴山公園，我們丟了一些餅乾屑，繡眼畫眉立刻成群唧唧叫著出現。一點都不懼人。

美麗的灰褐鳥羽很蓬鬆。頭頂至腦背一道黑縱斑明顯可見。

一般野生動物保育區是不應該人工餵食野生動物，尤其是大型哺乳動物，一來避免動物因餵食而倚賴人的食物，使族群過度膨脹，影響牠與其他生物的平衡。

二來，大型哺乳動物和人太近，會傷害到人，尤其是孩童，必須事先保持距離才好。

鳥類最好也不要餵食。偶爾餵食一下，以便觀察鳥羽的細節，是可以的。總不能老是跟自己過意不去呀！

大杓鷸。油畫

白頭翁

白頭翁真像三姑六婆，永遠成群結隊，聒噪不休！
城市街道路上，牠三三五五小群飛，停棲一棵樹，吵嚷一番，又兩兩三三飛
到另一棵行道樹上，覓食，爭吵，和解，結伴飛走。
真像東家長西家短，慣會串門的碎嘴婆娘。
清晨，最先聽到牠叫聲。
站立在樹籬上，聳著潔白的頭羽，發出清晨最清亮的呼喊。
過一會，烏秋也來了。烏秋粗獷的叫聲像魯男子，流亮黑羽在朝日照耀下，
發出藍寶石的紫藍色反光。
白環鸚嘴鵯也來了。加入白頭翁的小族群。
單獨站在電線上的烏秋，獨立大叫數回回，顯然敵不過白頭翁與白環鸚嘴鵯

鐵道上的伯勞鳥。木刻畫

的混聲合唱，悻悻然飛走了。

朝日再往上升。天空出現七、八隻大冠鷲的溜呼溜呼的吹口哨般的叫聲。打著圈圈，隨氣流逡巡天空中。

山谷完全甦醒了。

白日的操作已進入情況。不勞動者不得食。

只有我，把看雲當一件大事來辦。

在港灣看雲。到草原上看雲。雲預報了天氣。也預報我明日的心緒。

蝙蝠

蝙蝠神經質地倒飛，快速搧翅，急如星火。
牠沒有眼睛感光的裝置，以聲納辨別方向。
牠在黃昏至夜間出動，取代鳥類的生態職位。
牠吃蚊蟲、昆蟲，也吃番石榴、榴槤、香蕉、榕樹果實。
牠會傳播植物花粉，使果樹結果。
在娘家屋頂陽台上，我最愛坐在入夜的夏空下，靜看蝙蝠一批一批快速飛過來，掃蕩蚊蚋，轉眼略搧兩下翅，蹤影不見。

野薑花的香味

在農夫市場買到一株盛開的野薑花，從長島來的台灣移民手中。會種野薑花，並且千里迢迢自長島開車到曼哈頓十四街的農夫市場來賣，這心意多麼可感！好像特地為我賣的。

一株十二元，雖然有點貴，但絕對值得。感激都來不及哩！

買回來後插在一只玻璃瓶中，劍長的厚葉子，像張開雙臂般撐開。白色的花像交疊的三兩隻蝴蝶，故又叫「蝶仔花」。香味深郁濃稠，隔一個房間都聞得到。

次日，我把花整枝帶到畫室去，快手快腳把它畫好，又小心翼翼捧回家裡，仍舊插在玻璃瓶中。

回台時寄居的廟裡，廊下每每不經意種一排野薑花。清晨時香味特別濃，把我「香醒」了！然後我會聽到大廳傳來的念經敲木魚聲。廟埕空中飛掠不休的棕

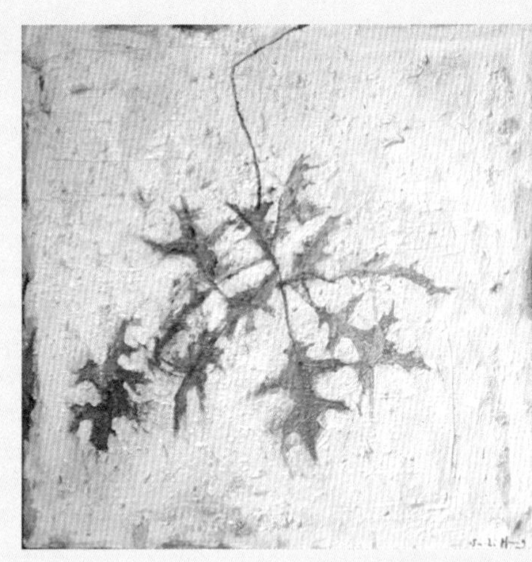

橡樹葉與詩。油畫

沙燕唧唧叫聲。公雞啼鳴。白頭翁群集
彼此呼喚的叫聲。
白色野薑花的香味。亞熱帶故鄉的
氣味。

虛靜

下了一天一夜的雪。二十一吋厚的雪。

雪花在窗外密密地斜斜飄落，時緊時淡，自雪白到灰白，非常美麗！

清靈之美，虛靜之美！

好一片白茫茫大地真乾淨。《紅樓夢》繁華複雜的書中人生選擇在白色雪原中做一個了斷，這樣的結局最完美了。

個人的一生又何嘗不是如此呢？

煩憂勞累。生年不滿百，常懷千歲憂。出亦憂入亦憂。憂傷以終老。到了這年頭，稍稍有點醒悟了：此時不樂更待何時呢？

於是千里迢迢去參加一個遠房表妹的婚禮。年輕時不重視家族聚會，討厭婚喪喜慶，如今像彌補過失般，一一做齊。去年十萬八千里路去參加了三個婚禮。

兩個喪禮。兩個猶太十三歲成年禮宴。等等。

忘了年輕時為什麼那麼反對家族聚會，把母親氣得半死。非常孤拐。鎮日魂不守舍。十足十的灑狗血。好笑！

如今隨處撿一片樹葉來檢視，都會喜不自禁。覺得人生美好，一花一葉都美得不可開交。

葉。油畫

里惠

里惠是日本女孩。在一家高級畫廊專管插花。我受邀參加畫廊聯展，認識了里惠。

感覺她像某一個我的小學同學。

我們一見面，即感到彼此可親近，叨叨絮絮說了很多話。她說她小學三年級時從伊豆半島隨父母搬來紐約上州。父親是電腦工程師。高中時再搬回日本，在日本念完大學。始終覺得被日本社會排斥，因為她的作風太美國化了。

我說，哪裡美國化呢？她除了一口流利的英語外，完全看不出有什麼美國作風。她說不然。日本社會一眼就看出她已經美國化了，因此她找不到合適的日本人對象。後來嫁一個到日本演奏搖滾樂的美國樂手。丈夫住洛杉磯，她住紐約，一年見三幾次面。沒有孩子，也不打算有孩子。

牡丹花。油畫

「丈夫非常倚賴我。他是我的孩子。」她笑說。丈夫年紀比她大，結過一次婚，離婚後再娶她。

兩人大概很恩愛罷？我們認識半年，她即應丈夫要求，辭職回西海岸去了。我們相約來年去伊豆半島她的娘家和她及她父母親會合。里惠長得很像吉永小百合，可愛清純。和她交往，感覺像與久別的小學同學重逢。

佛陀的笑臉

在印尼爪哇的波羅浮屠，日本的鎌倉，中國的大足，紐約的大都會美術館，看石刻佛陀的雕像，那美麗沉靜的笑容，看了真令人下淚。

慈眉善目，長長的眼半閉，眼尾略微上勾，無限風情哩！嘴角微風般吐露若有若無的氣息，溫溫的微笑。龐大的臉龐線條非常柔和，平光的頰，沒有皺紋，溫血的膚肌，裡面汩汩流著血液。石像血肉之軀，永恆大地的氣息。

而那笑容，寬容的、諒解的、恩慈的，而又飄忽的。人間沒有任何凡人能有那樣謙禮寬廣的微笑。

絕對是神性的笑容！

基督教的耶穌與聖母馬利亞，面容是哀戚的、忍苦的。

回教不立偶像，但穆罕默德是佩帶彎刀的。猶太教的耶和華是面帶怒容的。

兩者都沒有寬容與慈悲。絕對的威權。

只有佛陀，最能體會歡喜微笑，來面對人生的苦痛不平。此所以別的宗教爭戰不休，佛教從未引起任何宗教之戰。

人生能尋點開心，娛人娛己，為一點小小的好處，開心個老半天。那才是好的人生，好的生活。

衣沾不足惜，但使願無違。歡喜就好！

女畫家

在畫展中結識一位越南法國混血的女畫家。是她的個展。

每一幅畫是她的裸體自畫像。坐著，叉開腿，把陰部裸現出來。

這種自畫像看多了，我一點也不驚奇。

女畫家的畫冊中有一張照片，看起來滿年輕秀氣的。眉毛畫得很長很長，一直掃到鬢邊去。

隔幾天又經過那家畫廊，探頭進去，一眼即認出她。我問：「是妳嗎？」

她有點靦腆地答：「是的。」

年紀看起來比畫冊中的照片老很多。長長的黑髮是染過的死黑而乾燥。皮膚也乾，人很乾瘦。眉毛仍然畫得老長老長，八字眉。

我當然不會愚蠢地問她：「為什麼要自畫陰部？有暴露狂嗎？」如果她覺得有必要自暴陰部，就讓她這樣去畫好了，有何可值得大驚小怪的呢？

色情是可以吸引部分人口。但只能短暫的。過度的色情則令人疲累，引起反感。

對她並無反感。相約下回我的個展，會寄請帖給她。

台灣平安

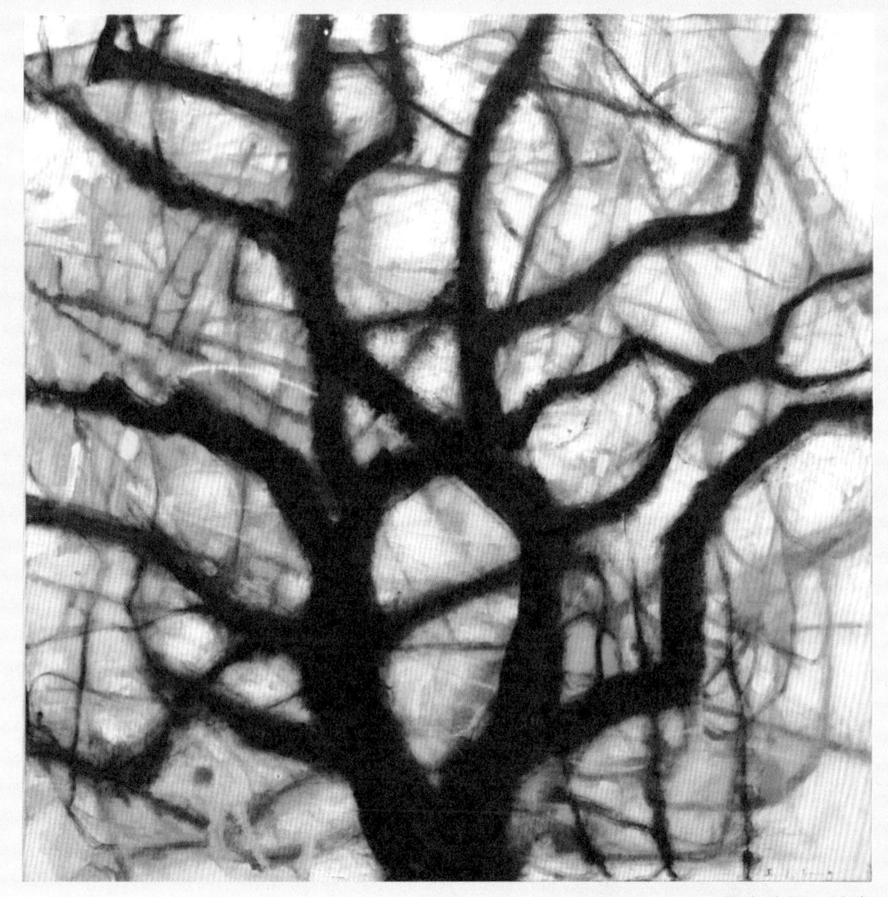

早春的樹。油畫

碎葉

站在樹林裡，聽風吹落葉的颯颯聲。橙紅鵝黃的落葉，離枝後上揚，翻幾次身，然後冉冉地，若有所思地降落。落葉歸根，是一項莊嚴的典禮。

秋天的色彩，音響，在碎葉間細細切磋出來，色彩雖然豐富，但色調是沉重的。有經歷春、夏兩季生命的重量。空氣明澄，日光薄弱，並且有點潮濕。

遠遠近近葉落不停，視野間是一片繽紛的葉片錯落裝置。無邊落木蕭蕭下。喧囂的孤獨。色界的虛空。碎葉掩蓋的地底幽靈，藉褐鷹鴞口中，噓嘆出來。

秋葉。油畫

如花笑靨，如煙歲月

母親二十歲出嫁時，父親才十九歲。

頭胎長子，國良，是個俊美的嬰孩，不足一歲即夭亡。

非常艱困的年歲。全家都在飢餓中。

留下來的唯二的兩張彼時全家福的照片。一幅是站立的父親，戴一副圓框眼鏡，穿一件舊西裝，卡其褲，瘦削，年紀才二十五歲，已是兩子之父。

旁立母親未出嫁的大妹。美麗的十七歲少女。

母親坐著（腹中懷有二姊的身孕）。膝前依著大哥與大姊。五歲和三歲。

在照相館鄭重其事拍這張全家福照片，是為了寄給在日本東京留學的舅舅。

他想家，囑咐大姊的母親，寄全家福照片給他。以慰他的鄉愁。

過兩年，大哥七歲，大姊五歲，二姊兩歲，父親母親，和母親的小妹，同父

台灣平安

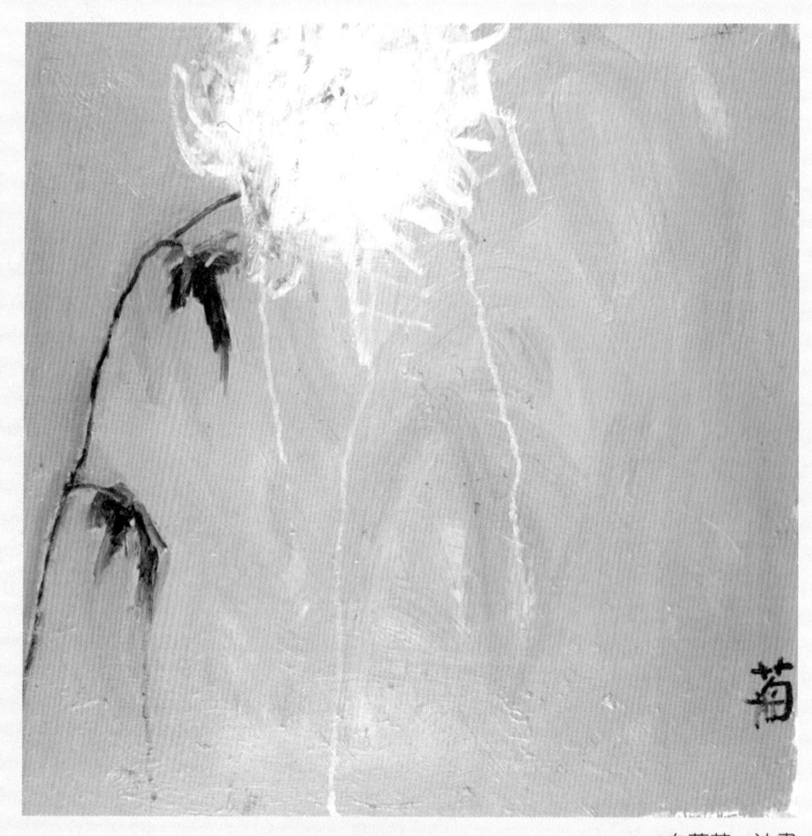

白菊花。油畫

異母的另一個弟弟，合照另一張全家福。仍是為了在日本念書的母親唯一同父同母的親弟弟。

兩張最早的全家福照片是父母親唯二的兩張年輕時照片。在殖民地戰事的困頓中。母親的巧手仍把家人打扮得潔淨樸素。雖然沒有笑容，但比笑容更美的是，他們的年輕，端正，與清靈之氣質。

流星雨

一九九八年十一月十八日我在回台的夜間，飛渡太平洋上空的長榮班機機艙窗口，看到二十世紀末最大的獅子座流星雨。據說一小時內可見到四千到八千顆流星，我在前大半夜間一直埋頭看書、遐想，等抬頭看窗外發現流星雨時，已是後半夜了，大約看到一千顆流星罷，已夠壯觀了！畢生難忘。

二〇〇〇年，十二月初，夜半醒來，看著窗外，突然湧現短短抽絲般的一道道白色光芒，倏忽隱滅！我推醒外子：「快看！流星雨！」他每一抬頭探身，流星即滅，他一躺下，又一顆流星！夠折騰的了，他只好放棄，呼呼大睡去矣。

我繼續守望在床側窗邊，每隔三、五分鐘出現一道流星光芒，有點狀的、角形的、線狀的光芒。一閃劃過。像人的生命。

田鷸的叫聲

田鷸，英文叫 Common Snipe。在舊世界與新世界，牠都廣為分布，但不太容易見到。因為牠生性羞怯。

雖然是鷸科的岸鳥，但不駐足海岸線上，多半活動於淡水域的沼澤畔、草叢、水田間。蹲伏著，靜靜地隱蔽著自己。黃昏時，才間間踱出隱蔽所，躡足在水側覓食，直柄長嘴探入澤泥間挑出蠕蟲來吃。

田鷸是孤獨的、隱忍的、自得其樂的、令人過目難忘的岸鳥。

像一個樂水的仁者。懂得調適自己，玩味生命的隱士。

一九九九年末，十二月冰寒季節，紐約奧托邦鳥會做冬季鳥種調查時，在紐約市中央公園水沼邊的草叢間，發現了一隻田鷸。是幼鳥。我們都蜂擁去看。

從枯柳側旁的石塊上，架起單筒望遠鏡看柳樹下經霜的枯黃亂草間，看到田

樹的寓言。油畫

鷸的尾巴。大半個時辰過去，蹲伏的田鷸側轉了三十度，正好可以看到肩背的淡棕間雜黑斑與白點的背羽。偶爾看到牠轉過頭來的長嘴與晶亮的黑眼珠。是一隻幼鳥沒錯！

鳥人把冬寒荒廢的池沼石岸擠攘成一個夏日盛會。這隻田鷸倒是安安靜靜，繼續蹲伏在草堆隱蔽處，蹲了兩天，對鳥人視若無睹。兩天後，牠消失了影蹤。大概追尋牠的長輩與祖先的路線，南行度冬去了！

——田鷸叫的時候，共和國即將誕生。

田鷸在春天繁殖季，返回北極的繁殖領地，求偶激烈時，會發出短暫的鳴聲，那種鳴叫，是歡悅的，迸放的！

美濃湖

友人的阿妹在美濃湖畔把我們放下，說好她要去辦點事，過一會來接我們。我們在廣榮興傘店前下車。一個婦人在炒蒜頭，炒得很香，一大鍋，是給她女兒開的粄條店做佐料用的。

紙傘店花色不多。聽說工廠移到大陸去了。那裡人工便宜，手製紙傘銷到美國，我買過，在紐約的華埠，一把七元美金。

湖畔正在做工程，飛沙走石，沒太多看頭。多年前，我小學三年級時，全校三年級生來美濃湖遠足。我一個表姊與同學跌落湖中死去。其實那時是整條船翻覆，其他孩子被救起來，除了我的表姊和一位叫王玉葉的同學。

故事情節很像日本電影《青色山脈》。

多年來我一直怕水，不敢學游泳，確實和當年坐在美濃湖畔，親眼目睹同學們擠到一條船，男孩在船上要嚇女孩故意把船壓向一邊，以致整條船翻過去的情景有關。

死去的表姊，全身呈青灰色。姨母痛哭好幾年。

美濃湖看來很大。如今感覺亦很大。

當年事發後，湖邊冒出許多梳客家頭、牙齒染黑、穿客家藏青色大襟衫的婦人。平生首度見到的客家人。

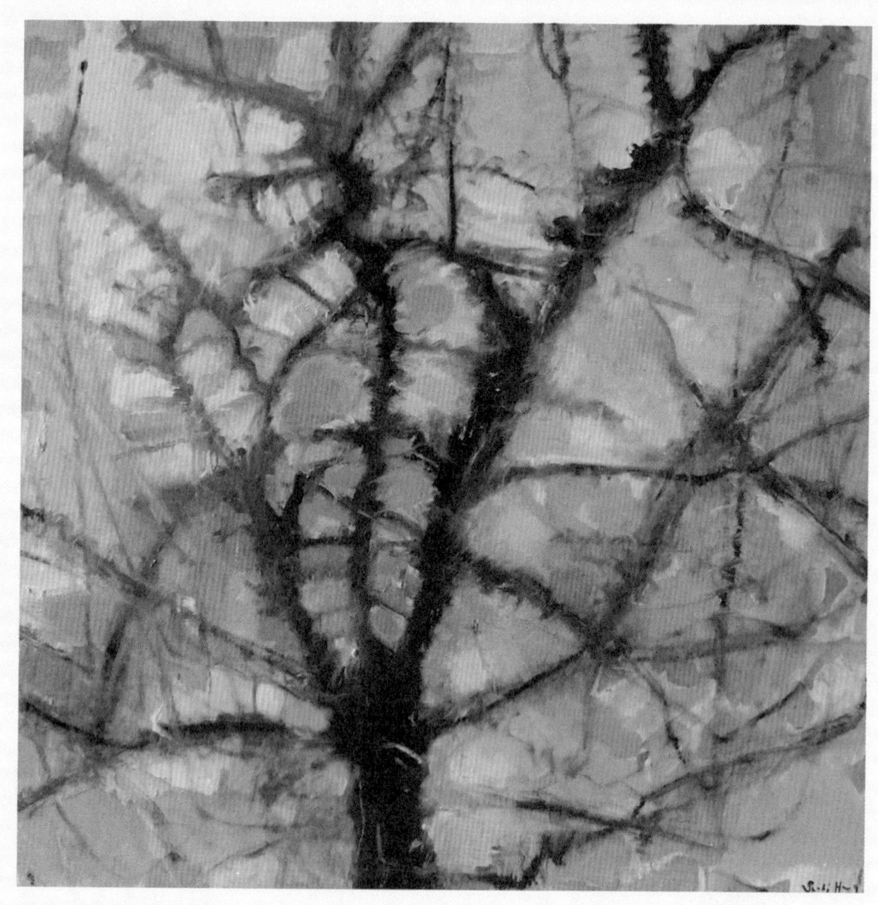

晚秋的樹。油畫

巨嘴鴉

巨嘴鴉成群自針葉林山崖飛下來，在黃昏的時候，特別讓我覺得像黑衣僧侶列隊誦經的莊嚴場面。大自然是一個肅穆的道場。

玉山山脈的神木林道，巨嘴鴉的叫聲最大聲、最持久，暮色將合的時候，雨絲纏綿不斷，像冬雨的細潮如牛毛的雨，雖然是在仲夏，一九八九年的仲夏，我們隨張萬福到神木林道追蹤藍腹鷴的蹤跡。

找到山道轉彎地方一處略平坦處紮了兩個帳篷。大家盡量保持帳篷內的乾燥，因此盡量不進出帳篷，就在篷外聚在針葉林下煮開水泡咖啡。

雨水把山谷弄得翳暗，黃昏好像在下午四時間已提早降臨。雖然身上披有雨具，大家還是弄得很濕。好在夏季的雨水不至於太冷。

我們在苔滑濕漉的山道隨處走走。大部分的鳥都早已躲避好，我們追查的對

台灣平安

紅檜樹幹。油畫

象——藍腹鷴也杳無蹤跡。林葉中傳來的是雨滴聲、風吹的聲音。以及，巨嘴鴉遠遠近近群集呼叫的聲音。

哈，哈，哈，喝，喝，喝，喉管很粗啞的叫聲。

潮濕幽暗的山林中，唯一的有生氣的鳴喧。

烏鴉的城市

彷彿符合某種中世紀預言書的記載：原本烏鴉群集，不停叫喚，整群整群棲滿街市間小公園的樹端，突然間，城市烏鴉的蹤跡開始零星。在我醒覺之前，牠們已經閉了嘴，不再叫喚。

即使偶爾瞥見一隻，或兩隻，烏鴉停在教堂塔尖，或冬日枯枝上，人家屋頂厝角邊，牠們也緘默如鬼魂。帶有冤屈的鬼魂。

雨雪是冤屈的淚。伯利恆也是。

雨雪霏霏的耶誕日，伯利恆被以色列軍隊重重包圍。坦克車輾過巴勒斯坦婦女、孩童、老人、青年的身體。上萬名少年少女被蒙面帶走。

飛彈瞄準。坦克車恫嚇。拜現代科技迅疾衛星傳播，全球一夕間六百個城市響應反戰示威遊行。不公不義的侵略戰爭必須制止。有人自願做人肉盾牌，奔赴巴格達展開布條標語靜坐：——戰爭不能解決問題。和平才能。

太空梭在降臨二十六分鐘前，自天外飛來爆炸成灰。這不是一個最嚴厲最殘酷的警告嗎？

許許多多被謀害的土地與人民，冤屈滿溢，連噪亂的烏鴉群都啞口無言了！

烏鴉與樹。油畫

帝國大廈

帝國大廈是紐約市地標。曾是全世界最高的人造建築物。我卻把它看成一匹方格的布，並據此描繪它。

大自然有鬼斧神工，看峽谷山壁、瀑布、海岸線、河川、森林，一一可以看到大自然的創意與魄力；連細微的一隻斑紋蝶的美輪美奐的設計都一絲不苟。

但是人類的創造力一樣可圈可點。只要不動歪腦筋危害他人與自然環境，人類創造的文明，一樣教人驚嘆！看埃及的金字塔，中國萬里長城，佛教、回教、基督教的文明、碑塔、文字、歌吟，小至一塊繡花手帕，都可以看出人類的智慧與力量，是宇宙瑰寶！教造物主反過來驚詫嘆服不已！

人的物質文明於今，二十一世紀，更是登峰造極！音樂、美術、文學，將人類的美感創造交流成全世界共有的精神財富。紐約市是世界文化先鋒，全世界觀

春樹。油畫

光客絡繹不絕來此觀賞、取經。
　而我，把壯闊的城市文明簡化。我認為這樣才更素樸美麗，意味深長。

紅霞

對岸八百枚飛彈對準島嶼。我們是這樣被嚇大的。

去參加紐約市五十萬人反對侵略伊拉克戰爭的示威遊行。市政府以「防恐」為名，派數千警察，配槍的、持棍的、騎馬的，還有便衣特工，企圖阻撓隊伍的聚集。大部分警員持靜觀態度，姿態還算平和。

七〇、八〇年代多次在島鄉參加「反黑名單」、「反白色恐怖」的遊行。每次選舉政見發表會時，都會引發當局的嚴陣以待。尤其一九七九年高雄事件之後，每一場選舉，都是一場台灣民主化的勝利！而那遊行與聚會的場合，仍是白色恐怖的延續，連當時才八歲的兒子，都懂得噤聲。知道危機四伏。狀況未明。

「民主廟會」越來越開放，民主香腸小攤聚集成台灣選舉的特色。

二、三十年過去。世界秩序重新洗牌，恐怖分子更加緊密連線。而人民國際

金黃秋樹。油畫

村化也更明確。鮮花與和平與愛，是國際村人共同的願望。

不要飛彈，不要太空梭，不要戰爭、流血、侵略、吞噬、蛇吞象與象吞蛇。

看紅霞多美麗！美麗的晚霞接上美麗的朝霞之間，會有一個黑暗期。然後旭日東升。海明威的反戰小說。

綺媚女子

我們在互相的葬禮出現。

綺媚女子與我。

我死過一次。綺媚女子也是。

綺媚女子是我的繼母阿姨表姊妹及前世來生的我。

像一朵罌粟花，開了又謝，謝了又開。誰說不是同一朵花呢？

我的頸脖上垂掛一個紅色平安符袋。年代久遠，紅色褪成暗紅色。只有「平安」兩字的金色字體仍然明亮。

紅色平安符袋是祖母過世前自代天宮廟裡求來的。裡面原本盛有香灰。香灰混入時間的塵灰，分解掉了。

金色的「平安」字體明亮如盛夏午睡醒來時，明媚的窗。

我的護身符擊敗了潮水般湧來眾多既綺且媚的女子，幫我掙脫了七月鬼魂的附身咒詛。

我一身輕靈地走上綿延中央山脈的稜線。

仍然平安行走人世間。

在鴿子絕跡的平靜的早晨。

羽田。油畫

港灣的清晨

父親的船，悉數不見了。
聽不見海鷗群上下群飛的銳叫聲。
我是既盲且聾了嗎？
攔住太平洋的堤壩。攔住潰散的心。
披著灰色袈裟的表妹，形影飄過窗前。我追上去問她：——要遠行嗎？
——還未。表妹笑容很清瘦。袈裟很潔淨。她原是一個有潔癖的人。
——平安平安平安。我喃喃提醒她。
——知道了。表妹淡化，消逝無蹤。
沒有了船，汽笛仍在。

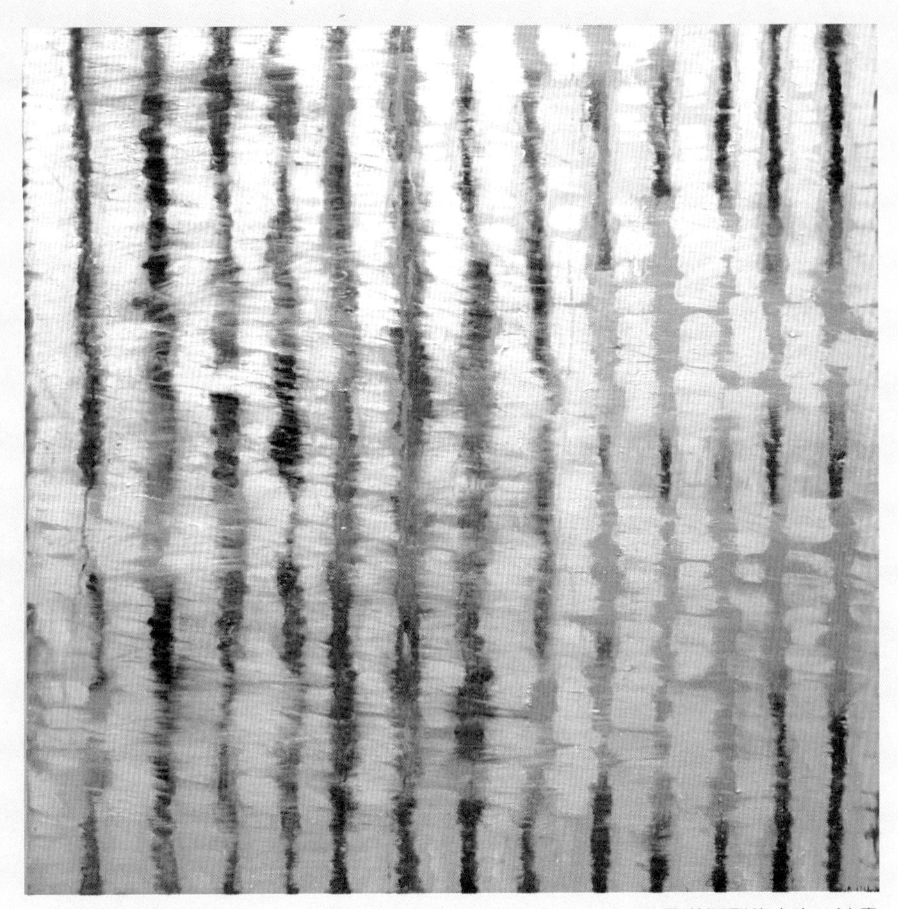

晨曦倒影的水光。油畫

沒有了丈夫，子宮仍在。
沒有了子宮，女身仍在。
微鏡顯影，子宮彎曲如一朵含苞的百合花。表妹喪失了丈夫，喪失了子宮。
她以一襲潔淨的袈裟包裹了自己，像包裹一株清瘦的野百合花。

沒有了堤壩，太平洋仍在，港灣仍在，渡輪仍在。
我坐清晨的渡輪。
靜靜滑過一個灰鴿色的清晨。
整個港灣罩在一襲潔淨的灰色袈裟中。

【後記】

平安、如意、幸福、快樂

洪壽南

翻讀這些十來年來寫的短篇散文，內心真是百感交集。在這十多年中，父親母親與弟弟相繼離世了。然後母校百年校慶上場。人生是這樣地悲喜錯綜交叉，疼痛與歡悅輪迴交替。

最近去看了一九六八年出品的俄國電影《戰爭與和平》。托爾斯泰原著改編。八小時電影分兩天搬演。每天放映兩場。只放映兩個禮拜。紐約人哪捨得放過？場場爆滿。這電影我曾在上世紀的七〇年代看過。從夜半十二時至清晨八時。中間休息三度，每次十分鐘。那時的我雖年輕，仍熬不得夜。睡睡醒醒看了八小時，知道是不可多得的偉大的電影，奈何體力不支，無法細心觀賞，對導演的嘔心瀝血深感抱歉，一直盼望能重看一遍。隔了將近三十年，終於等到了機會，養精蓄銳去看了，感動莫名！真是一部偉大的電影！

這電影以另一種藝術形式把托爾斯泰的小說鉅著完美地呈現。舊俄的文學音樂藝術是那麼地深沉、巨大、動人！電影中王公貴族家宴排場金碧輝煌不用說了，最引人注目的是隨處都有龐大的交響樂團在高敞廳堂的半層樓間即席盛大演奏！樂聲悠揚，作為人物活動飲宴舞會的背景音樂。戰場上的戰爭中（是拿破崙揮軍侵略莫斯科的法俄大戰），同樣地，也有一隊交響樂團隨侍主帥的營地，排開陣容，賣力演奏聲勢浩大的交響樂，把帶軍刀的士兵士氣提昇到最高點，腳步劃一地奔向戰場上去！

真不可思議！戰場上也有龐大的交響樂團助陣，大概舊俄才有的絕招罷?!

電影中，每回角色有難，或內心交戰掙扎時，配樂特別清越動人。畫面常以整片樹林排山倒海的湧動，或雪地白楊清姿搖曳、樹梢雲彩飄移，自然景象與人物活動精心搭配，不多不少，完美得無懈可擊，格外賞心悅目。七〇年代時我也看過契訶夫的戲劇改編的俄國電影：《海鷗》、《櫻桃樹》等等。印象中，覺得俄國電影色彩特別美，灰藍、棕色、灰綠、灰黃。沉鬱的色調特別符合契訶夫的文學風格。

俄羅斯的文學、音樂、藝術，和電影，有別於其他文化的悅目取巧，而是特別沉重，特別耐看。

我嚮往的是，文學藝術文化的無國界。提昇了我對人間世本質上的悲觀與憂鬱的情緒。

此書的寫作涵蓋的時間與地域是寬廣的。主題仍是環繞在對生身故鄉——台灣一草一木與人物的關懷。母校鼓山國小創校一百週年的慶典，是難得的福分。謹以此書的文與畫祝賀母校百歲生辰。並祝福百年來母校培育的莘莘學子們，平安、如意、幸福、快樂。

二〇〇七年十二月於紐約

【洪素麗著作年表】

一九六八　《詩》（台北：田園出版社），詩集

一九八一　《十年詩草》（台北：時報文化出版公司），詩集

一九八一　《十年散記》（台北：時報文化出版公司），散文集

一九八三　《浮草》（台北：洪範書店），散文、木刻集

一九八四　《昔人的臉》（台北：時報文化出版公司），散文、木刻集

一九八五　《一九八四年台灣散文選》（台北：前衛出版社），編選及評介

一九八五　《盛夏的南台灣》（台北：前衛出版社），詩、木刻集

一九八六　《港都夜雨》（台北：前衛出版社），散文、木刻集

一九八六　《守望的魚》（台中：晨星出版社），生態散文、木刻集

一九八七　《海岸線》（台北：時報文化出版公司），生態散文、木刻集

一九八七　《芳草天涯》（香港：三聯書店），散文選

一九八九　《春雨樓頭》（台北：時報文化出版公司）、木刻畫冊

一九八九　《旅愁大地》（台北：聯經出版公司），散文集

一九八九　《海、風、雨》（台北：聯經出版公司），散文集

一九九〇　《流亡》（台北：自立晚報出版公司），詩集

台灣平安

一九九〇　《黑髮城市》（台北：自立晚報出版公司），散文集
一九九二　《夢與旅行》（台北：漢藝色研出版社），散文集
一九九三　《惜草》（台北：漢藝色研出版社），詩、彩色油畫集
一九九三　《綠色本命山》（南投水里：玉山國家公園管理處），生態散文、木刻畫、油畫集
一九九四　《尋找一隻鳥的名字》（台中：晨星出版社），生態散文集
一九九五　《沙丘之鶴》（台中：晨星出版社），翻譯、生態、散文、小說
一九九八　《台灣百合》（台中：晨星出版社），散文集
二〇〇三　《含笑》（台北：麥田出版社），散文集
二〇〇六　《金合歡》（台北：聯合文學出版社），散文小說集
二〇〇六　《銀合歡》（台北：聯合文學出版社），散文小說集
二〇〇八　《台灣平安》（台北：三民書局），散文、油畫、版畫集

【文學 001】

文學公民　　郭強生 著

這本書是作者自美返臺這些年，作為一個文學人如何在動靜之間取得平衡，在理想與實務中學習的最真實的紀錄。如果閱讀這本書也能勾起你一種欲望，想回去一個你已經離開的地方，那就是這本書在「做些甚麼」了。

【文學 004】

你道別了嗎？　　林黛嫚 著

●民國 94 年中山文藝散文創作獎、聯合報讀書人周報書評推薦

你知道每一次道別都很珍貴，你無法向那些不告而別的人索一句再見，但是，你可以常常問問自己，你道別了嗎？作者在這本散文集中，除了以文字見證生活經驗之外，更企圖透過人稱轉換造成距離感，以及小說化的敘事筆調呈現散文的瀟灑文氣。

【文學 007】

荒言　　吳鈞堯 著

●中國時報開卷周報書評推薦

當時間緩慢而堅決地自生命的罅隙滲漏流逝，記憶如沙堆疊、崩落、四散。作者將凝放在時空裡的過去，收拾成一篇篇記錄自我生命軌跡的「隻字荒言」，面對著一切的終將消逝，「我們何其淺薄，又何其多情」。唯有在對逝去歲月的眷戀凝視中，才能把告別的哀傷，化為一股持續奮起的力量。

【文學 012】

客路相逢　　黃光男 著

里爾克 (Rainer Maria Rilke)：「旅行只有一種，即是走入你自己的內在之旅。」本書作者具有畫家和作家兩種身分，他以畫家的心靈寫出他的旅遊見聞和感懷，因此，書裡所呈現的彷彿是一幅幅以沾著詩意的文字所繪成的畫作；是視覺和心靈的遊記。你渴望不一樣的旅行嗎？翻開本書，開始踏上旅程吧。

一九九〇　《黑髮城市》（台北：自立晚報出版公司），散文集
一九九二　《夢與旅行》（台北：漢藝色研出版社），散文集
一九九三　《惜草》（台北：漢藝色研出版社），詩、彩色油畫集
一九九三　《綠色本命山》（南投水里：玉山國家公園管理處），生態散文、木刻畫、油畫集
一九九四　《尋找一隻鳥的名字》（台中：晨星出版社），生態散文集
一九九五　《沙丘之鶴》（台中：晨星出版社），翻譯、生態、散文、小說
一九九八　《台灣百合》（台中：晨星出版社），散文集
二〇〇三　《含笑》（台北：麥田出版社），散文集
二〇〇六　《金合歡》（台北：聯合文學出版社），散文小說集
二〇〇六　《銀合歡》（台北：聯合文學出版社），散文小說集
二〇〇八　《台灣平安》（台北：三民書局），散文、油畫、版畫集

【文學 001】

文學公民

郭強生 著

這本書是作者自美返臺這些年，作為一個文學人如何在動靜之間取得平衡，在理想與實務中學習的最真實的紀錄。如果閱讀這本書也能勾起你一種欲望，想回去一個你已經離開的地方，那就是這本書在「做些甚麼」了。

【文學 004】

你道別了嗎？

林黛嫚 著

●民國 94 年中山文藝散文創作獎、聯合報讀書人周報書評推薦

你知道每一次道別都很珍貴，你無法向那些不告而別的人索一句再見，但是，你可以常常問問自己，你道別了嗎？作者在這本散文集中，除了以文字見證生活經驗之外，更企圖透過人稱轉換造成距離感，以及小說化的敘事筆調呈現散文的瀟灑文氣。

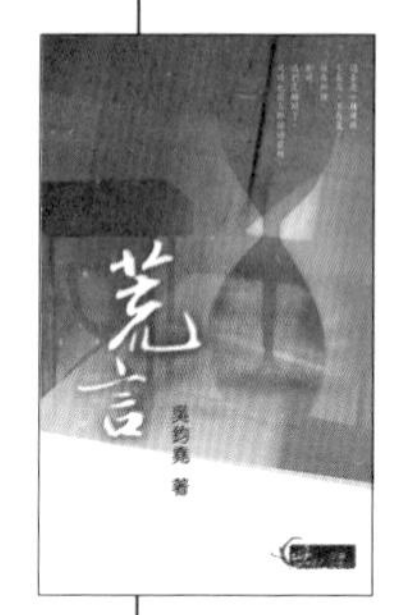

【文學 007】

荒言

吳鈞堯 著

●中國時報開卷周報書評推薦

當時間緩慢而堅決地自生命的罅隙滲漏流逝，記憶如沙堆疊、崩落、四散。作者將凝放在時空裡的過去，收拾成一篇篇記錄自我生命軌跡的「隻字荒言」，面對著一切的終將消逝，「我們何其淺薄，又何其多情」。唯有在對逝去歲月的眷戀凝視中，才能把告別的哀傷，化為一股持續奮起的力量。

【文學 012】

客路相逢

黃光男 著

里爾克 (Rainer Maria Rilke)：「旅行只有一種，即是走入你自己的內在之旅。」本書作者具有畫家和作家兩種身分，他以畫家的心靈寫出他的旅遊見聞和感懷，因此，書裡所呈現的彷彿是一幅幅以沾著詩意的文字所繪成的畫作；是視覺和心靈的遊記。你渴望不一樣的旅行嗎？翻開本書，開始踏上旅程吧。

【文學 014】

京都一年

林文月 著

「三十年歷久彌新，京都書寫的經典。」本書收錄了作者 1970 年遊學日本京都十月間所創作的散文作品，自出版即成為國人深入認識京都不可錯過的選擇，迄今仍傳唱不歇。今新版經作者校訂，並增加多幅新照。書中各篇雖早已寫就，於今讀來，那些異國情調所帶來的感動，愈見深沉。

【文學 015】

泰山唱月

古　華　著

以《芙蓉鎮》揚名於文壇的古華，不僅寫出讓沈從文稱讚的小說；他的散文，更是其真情至性的流露。本書敘述的時間涵蓋了苦難伊始的童年、屢遭災禍的青春歲月，最後飄落異鄉，靜心寫作。命運給予古華的雖多是磨難，他卻在文學裡立命安身。古華的散文，抒情敘事並重，情感醇厚，在趨向輕薄之風的現今讀之，愈顯其耐人尋味。

【生活 002】

記憶中的收藏

趙　珩　著

五十年，是人的大半生，卻是歷史的匆匆一瞬。而近五十年來，中國社會經歷巨變，許多傳統事物和文化，都逐漸從人們的記憶中飄逝。作者採摭過往人生經歷和見聞，以感性的筆觸，娓娓道出收藏於記憶中的人情、事物、風俗。雖說是個人雜憶，卻觸及諸多社會文化現象，再現了五十年間急遽消逝的生活場景。

【生活 003】

不丹　樂國樂國

梁丹丰　文・圖

本書作者一直盼望能到不丹旅行。在畫旅八十餘國後，她終於踏上這片嚮往已久的樂土。對於不丹人物風情、山川景致，作者以其一貫的細膩筆調做了詳實敏銳的觀察與深刻感性的描述。同時，更以彩筆勾勒出一幅幅動人的人間樂土，與讀者分享她在不丹的旅程中盈滿的藝術情感和內心悸動！

國家圖書館出版品預行編目資料

台灣平安／洪素麗文/圖.－－初版一刷.－－臺北市：
三民，2008
面；　公分.－－(世紀文庫:文學018)

ISBN 978-957-14-4909-8　(平裝)

855　　96023103

© 台灣平安

著作人　洪素麗
總策劃　林黛嫚
責任編輯　郭美鈞
美術設計　李唯綸
校對　楊玉玲

發行人　劉振強
發行所　三民書局股份有限公司
地址　臺北市復興北路386號
電話　(02)25006600
郵撥帳號　0009998-5
門市部　(復北店)臺北市復興北路386號
(重南店)臺北市重慶南路一段61號

出版日期　初版一刷　2008年1月
編號　S 857050
定價　新臺幣270元
行政院新聞局登記證局版臺業字第〇二〇〇號

ISBN 978-957-14-4909-8　(平裝)

http://www.sanmin.com.tw　三民網路書店